Un resquicio de Luz

Relatos

de

Àngels Martínez Soler

QM Editorial

Un resquicio de luz

Copyright © Mª Àngels Martínez Soler 2016
Obra registrada en:
www.safecreative.org/work/1603206950231

Diseño de Portada: GeliCreations©
Maquetación: QM Editorial
angels.martinez@gmail.com

Primera Edición
Marzo 2016

ISBN: **978-1-943680-82-5**

QM Editorial
EIN: 46-2472728
Elkhorn W – 53121
EE.UU

www.editorialqm.com
qmeditorial@gmail.com
jqaamerica2012@gmail.com

Dedicatoria

A ti Cristina que siempre has creído en mí, en mis sueños y mis letras, a ti que eres una mujer fuerte y puedes superar todas las barreras que la vida te impone. A ti por esta dedicatoria que llego a mí, junto a un formato de libro, con la recopilación de todos mis trabajos, y me tocó el corazón:

"Cuando eres niño dices que todo es posible, nadie te corrige; cuando creces y dices lo mismo, todos te llaman iluso, pero en la vida nada es imposible, porque los sueños de ayer son esperanzas de hoy y realidad de mañana. Siempre y cuando no desistas ante tus sueños-

El universo siempre nos ayuda a luchar por nuestros sueños, por locos que parezcan. Porque son nuestros sueños y solo nosotros sabemos cuánto nos cuesta soñarlos".

Con cariño de tu hermana

A mi esposo por su paciencia infinita y creer en mí y en mis sueños. A mis hijos que siempre están en mi corazón en todo lo que hago. Y a toda mi familia y amigos a los que amo con todo mi corazón.

Àngels Martínez

Un resquicio de luz

Prólogo

Un resquicio de luz, es el esfuerzo de plasmar de forma coherente la magia de los sueños, la reveladora mente de nuestra querida autora, nos permite adentrarnos en una dimensión, desde donde podremos desentrañar y dar fe, de sucesos que a veces escapan al razonar de los humanos.

Relatos de alto valor sentimental, son plasmados en este libro de forma que puedan ser comprendidos, que puedan ser analizados, a veces dejando puertas abiertas a la imaginación, en otros nos da claves para desentrañar el misterio, pero siempre siguiendo una lógica que refuerza el conocimiento de lo aquí narrado.

Este libro nos acerca a un mundo, donde la lógica una vez más es puesta a prueba, donde la fe forma parte del método escogido por la autora para la comprensión real de cada relato, no se lo pierdan.

Jesús Quintana Aguilarte.
Escritor y poeta.

Un resquicio de luz

EL AROMA

Su aroma llego hasta mi abruptamente, me sorprendió desagradablemente un olor dulzón.... empalagoso. Me removí nerviosa en la silla y me sentí muy alterada. Era la segunda noche que ocurría de madrugada, cerca de las 2:00 h, yo sabía que no era normal, me levanté otra vez, como la noche anterior buscando el origen... pero no lo halle, no había ninguna causa y era más fuerte en la habitación en que solía estar sentada frente al ordenador.

En otras ocasiones estos olores eran a flores y lo asociaba a seres de luz. No es que fuera una forofa de estos temas pero si creía en ellos y les tenía un cierto respeto.

Pero este olor no me gustaba y me tenía preocupada. Y mucho más, desde que hacia aproximadamente un mes tuve un sueño muy inquietante..., soñé con él... hacía años que había fallecido, y realmente no era la primera vez que formaba parte de mis sueños pero en una forma totalmente normal. En esta última ocasión simplemente apareció de sopetón su imagen, todo lo demás desapareció, su vestimenta era oscura y parecía que estuviera envuelto en un gran abrigo o capa, su aspecto era el de un espectro y flotaba, no andaba, hasta tal punto me sobresalto, que le grite aterrada ¡Que quieres!…, y despareció.

Me desperté sobresaltada y esa imagen no se me va de la cabeza. Y ahora solo falta que sin motivo se produzcan estos olores… en mi casa

Pienso si tendrá algo que ver con la fecha que se acerca, San Valentín... durante años celebrábamos esta festividad con hermosas tarjetas y citas románticas... y yo seguí durante años celebrándolo simbólicamente.

Pero él ya no estaba a mi lado y llevar año tras año las postales a su tumba y tomar una copa en su memoria, se me ha había hecho insoportable e inútil... Yo le seguía recordando y el amor que sentimos los dos, seguiría vivo por siempre. Pero la vida seguía adelante, el dolor fue menguando un poco y al final decidí que esa tradición no tenía sentido.

Durante dos años he pasado de ella... Pero tengo la sensación de que me la está reclamando y que si no cumplo con ese rito, quizá ocurra algo aún más extraño.

Tengo miedo jamás lo había tenido, es una sensación muy rara la que tengo y pienso si no estaré volviéndome loca. Hacía mucho tiempo que no rezaba y ahora cada noche lo hago. La soledad ha vuelto a mí, y me asfixia, pensaba que había pasado ya esa etapa... pero ha regresado.

Mañana es San Valentín, ya tengo la postal y he comprado Champaña, y con mis dos copas, volveré nuevamente a visitarle en su tumba Siento que he de hacerlo.

Amanece... la brumas se van alzando, el sol tiñe de rojo el cielo...y ella se levanta, se da una ducha y se arregla para su cita. Recoge la tarjeta de San Valentín que tiene preparada, en una bolsa pone la botella de champán y las copas de usar y tirar. Sale hacía el metro que la llevara hasta el cementerio.

Al mediodía en el cementerio hay un gran revuelo, mucha gente entra, sale, todo son comentarios y llamadas de teléfono…, los vigilantes han encontrado a una mujer, tirada sobre una tumba, parecía dormida…, pero no, no lo estaba, estaba muerta. Junto a ella una botella de Champaña un par de copas, unas pastillas y una postal de San Valentín que así decía

"Ya vengo mi vida, esta vez soy yo la que te voy a buscar, no quiero faltar a nuestra cita"

Un resquicio de luz

EL DIFUNTO QUE SE ENAMORO DE UNA VIVA

Hoy os voy a contar una historia muy real, aunque haya quien tenga dudas sobre ella.

Así pues…

Ya hace mucho tiempo conocí a una muchacha increíble, nos hicimos amigas y compartimos sueños de juventud, y también nuestros secretos más íntimos, se llamaba Gloria Gelina Azul, pero cuando tenía unos 20 años, empecé a verla con mala cara y cansada, lógicamente le pregunte que le ocurría y me dijo que era porque no dormía bien.

Anduve como un par de meses en verano, fuera de la ciudad, pues marche a visitar a mi abuela, que vivía en otra ciudad.

De regreso fui a ver a Gloría para indicarle que ya estaba aquí e ir a tomar algo y dar un paseo, la encontré muy extraña, después de tomar unos helados, rompió a llorar

Se me abrazó diciéndome que creía que se estaba volviendo loca. Y empezó a darme detalles de lo que le pasaba…

—.Sabes Ivete, al principio creí que eran pesadillas y por ello no dormía bien, pero cada noche me despertaba con la sensación de que alguien me estaba observando, me despertaba angustiada y con miedo, así una noche tras otra, incluso me tome unas infusiones para dormir más relajada, pero la sensación no desaparecía.

Note también como que alguien se sentaba en mi cama, esa noche abrí los ojos despacio, sin moverme por si realmente había alguien en mi habitación, y vi, a un hombre. Cerré nuevamente los ojos, terriblemente asustada, sentí como se levantaba y abrí nuevamente los ojos, y no había nadie en mi habitación, la puerta estaba cerrada, encendí la luz e incluso armándome de mucho valor mire bajo la cama y en el armario.

Al día siguiente, cerré la puerta con llave, por si acaso estuvieran gastándome una broma. Pasada la media noche, volví a despertarme con la sensación de que alguien estaba conmigo y abrí los ojos y saque la linterna que me había llevado a la cama por si acaso…, y mi sobresalto fue enorme, junto a mí había un muchacho rubio con unos ojos verdes maravillosos, que se sobresaltó tanto como yo. Salto de la cama y se quedó en pie mirándome, yo entonces abrí la luz de la mesita y observe como una luz que lo rodeaba, su faz era tan bella y tan blanca que parecía de mármol. Y de pronto despareció, se esfumo, tal como te lo estoy diciendo. Yo ya no sabía que pensar, eran alucinaciones mías…, me estaba volviendo loca…

Yo, naturalmente estaba sorprendida de su historia y —le dije que quizá fueran sueños de esos en que no sabes dilucidar si es real o no, pues no le veía otra explicación— Pero Gloria me dijo, no, no es eso, pues aún hay más amiga…

— Al día siguiente, decidí que no dormiría en toda la noche por si aparecía nuevamente este muchacho, pues en realidad he de reconocer que deseaba volver a verle, pues es el chico más guapo que he visto en mi vida…

Así pues esa noche deje la luz de la mesita abierta y me puse a leer un libro, me concentré en él, pues era muy interesante, cuando de pronto tuve nuevamente la sensación de no estar sola, levante la mirada y allí estaba mirándome fijamente y con una bella sonrisa, y me habló.

—.Hola Gloria, no te asustes.

Me sorprendió oír su voz, no esperaba que hablara, para mí era una aparición, pero curiosamente, me invadió una sensación de paz, que hizo que cualquier temor que tuviera desapareciera para siempre.

Me levante de la cama y me acerque lentamente hacía aquel muchacho tan hermoso. Me sentía terriblemente atraída hacía el…, y le respondí…

—.Hola, quien eres, cómo te llamas…

—.Mi nombre es Raciel y te amo.

Me di cuenta de que no me importaba que Raciel me estuviera diciendo aquello, la sensación que tenía era la de que le conocía de toda la vida…, de pronto no pude evitar besarle y el me devolvió el beso y me abrazó.

Me desperté por la mañana sin recordar nada más que ese beso y ese abrazo y una sensación muy extraña, no sabía que pensar, pero ya esperaba ansiosa a que volviera a ser de noche para encontrarme con Raciel.

Gloria seguía relatando incansable su experiencia y yo, cada vez estaba más asombrada…

A la noche siguiente volvió aparecer, charlamos animadamente y él me dijo que desde el más allá me observaba siempre y que le pidió a Dios, el poder velar por mí y observarme y aparecer en mis sueños pues estaba enamorado. Había visto que era una buena muchacha de gran corazón y muy cariñosa y que también sabía que sufría por mi pequeña diferencia, respecto a las demás personas, — *esa voz tan aguda que tengo y que todos comparan con la del "Gallo Claudio" el personaje de dibujos animados—* y que siempre observaba que se reían de ella por ello, y el sufría tanto o más que ella. Y que precisamente se fijó en ella por eso mismo. No podía evitar amarla con todo su corazón.

Gloría día a día se dio cuenta de que también se había enamorado de él, pero que su amor era imposible, Raciel no pertenecía a este mundo, jamás podrían estar juntos… Pues no era más que un aparecido.

Ese fue el relato que Gloria me contó, y que yo escuchaba sin acabar de creerla, no sabía que pensar, éramos amigas y no quería dudar de ella, pero realmente era una historia muy extraña.

—.Entiendes ahora porque estoy tan asustada Ivete?

—.Bueno Gloria, no sé qué decirte, es algo para asustar a cualquiera que un fantasma se te presente en la habitación... Pero tienes que darte cuenta de que no puedes amar a un fantasma, no es una persona real. Creo que deberías contarlo a alguien, que te pueda ayudar a que no se te vuelva aparecer.

—.Ivete…Ya veo que no me crees, te digo que es real que ocurre cada noche y que nos amamos. Como pretendes que vaya a otra persona a explicárselo, si mi mejor amiga no cree ni una palabra de lo que le digo.

De pronto Gloria se quedó blanca como el papel, y mirándome me dijo, —mira ahí está últimamente lo veo también de día. —Lógicamente me giré y mire hacía donde ella estaba señalando, pero no vi a ningún chico rubio y mucho menos a ningún fantasma.

Así se lo indique y Gloria volvió a llorar,… me sigue a todas partes, me lo encuentro en el metro, el otro día fui al doctor y allí estaba en el dispensario y me saluda con la mano.

En ocasiones me asusta, no puedo evitarlo, no entiendo porque me sigue a todas partes, y por la noche en la soledad de mi habitación, todo es un bello sueño, incluso romántico, pero el verle de día en cualquier lugar me atemoriza, pero pese a ello no puedo evitar esperar la noche con ansiedad para volver a verle.

Intentando sopesar todo lo que estaba contando Gloria, le seguí un poco la corriente, pues me preocupaba y mucho el estado en que estaba y como más supiera, quizá pudiera ayudarla.

—.Gloría, le has preguntado ¿porque te sigue a todas partes?

—.Por supuesto y su respuesta es que dios le ha dado permiso para hacerlo, y cuando oigo su voz no puedo más que creerle y me siento en paz amiga.

—.Pero yo misma siento que no puedo seguir así, que esto no es bueno para mí, por eso quiero que me ayudes, yo no sé qué hacer.

—.No te preocupes ya buscaremos una solución Gloria, esta noche te vienes a mi casa a dormir para empezar, a ver si también se te aparece allí.

—.De acuerdo Ivete, necesito compañía y distraerme un poco.

Esa noche Gloria durmió de un tirón, Raciel no hizo acto de aparición, y yo entonces creí que el problema realmente era de Gloría, quizá sería bueno que se fuera una temporada fuera, un cambio de ambiente, un lugar bonito… quizá si le proponía pasar unos días de vacaciones juntas, así se pudiera solucionar el problema, aunque no lo tenía claro del todo. Se lo propondría y esperaba que le hiciera ilusión.

Y así fue, Gloria se ilusionó mucho con el viaje y empezamos con los preparativos, partíamos en quince días. Yo no volví a mencionarle nada de Raciel y ella tampoco a mí, por lo que creí que los preparativos ya estaban empezando a funcionar y ella no se obsesionaba de nuevo con ese espectro.

Así pues la noche anterior al viaje, nos hablamos por teléfono para quedar con los horarios, y quedé en que la pasaba a recoger a la mañana siguiente con un taxi que nos llevaría al aeropuerto.

Gloria se acostó nerviosa e ilusionada con el viaje, ya se veía paseando en góndola por los canales de Venecia, era la ilusión de su vida. Y esa noche, mientras soñaba con el viaje, despertó de golpe, como tantas otras noches y supo de Raciel estaba a su lado.

—.Gloria, vengo a darte una buena noticia, pues ya no estaremos separarnos nunca más, podremos seguir siempre juntos.

—.Que quieres decir Raciel, yo te quiero pero nuestro amor no es natural, no podemos estar juntos.

—.He venido a llevarte conmigo Gloria, no resisto el estar separado de ti. Tú me quieres, amor yo lo sé, y también sé que sufres.

Gloria sentía paz y mucho amor, pero no entendía, donde la quería llevar Raciel.

—.Raciel, yo te amo, pero no entiendo… donde me quieres llevar… ¡Ojala que pudieras tu venir conmigo a Venecia! mañana me voy con mi amiga

—.Confía en mí, te aseguro que iras a Venecia y otros lugares donde no imaginaste jamás que pudieras estar. Solo has de querer partir conmigo.

Gloria y Raciel se miraron a los ojos y todo el temor desapareció, nada más que ellos existía y sellaron su pacto con un largo beso.

Al día siguiente Ivete fue a recogerla, y al llamar a la puerta, le abrió la madre de Gloria, totalmente desconsolada, entro en la casa y se encontró con toda la familia desolada.

A primera hora cuando fueron a despertar a Gloria para que no se durmiera y estuviera a punto para el viaje. La encontraron como dormida con una dulce sonrisa, incluso parecía que hubiera luz a su alrededor, pero no fue posible despertarla, pues había fallecido plácidamente mientras dormía. El médico solo indico que tuvo una parada cardiaca.

El dolor también me abrazó, quede consternada, no podía creer que fuera real, quería verlo con mis propios ojos y entre en la habitación de Gloría. Allí yacía su cuerpo, pero sabía que su alma estaba acompañada.

Sabía que Gloria tenía un diario y se lo entregue a su madre, y le conté todo lo que sabía de Raciel y de Gloría, por lo que al poco toda la familia supo de ello.

Un resquicio de luz

Pasaron los días y una noche me desperté sobresaltada, su muerte me había afectado mucho y no dormía muy bien, pero esa noche a los pies de mi cama vi a Gloria y a un muchacho rubio, ella me lanzo un beso y poco a poco fueron desapareciendo, mirándome y con una expresión de felicidad que es difícil de explicar. Sentí mucha paz, a partir de esa noche volví a dormir tranquila, sabía que Gloria estaba bien.

En México, la noticia de esta historia de amor entre un difunto y una mujer viva, corrió de boca en boca y así nació esta Leyenda de amor, la de un amor imposible en la Tierra pero no para toda la eternidad, y que viven en el cielo demostrándose su amor y son felices, mientras los padres de Gloria Gelina Azul, siguen llorando por su muerte.

Y se dice que ellos siguen ahí velando por todos los que les amaban.

NOTAS DEL DIARIO:

A través del diario de Gloria, se pudo saber más de Raciel, e incluso se supo quién era.

Pues Gloria se anotó cada detalle que le fue explicando el muchacho noche tras noche.

Resulto ser que era norteamericano, de mama mexicana y padre americano y se supo que hacía apenas un par de años atrás murió en uno de los tantos accidentes de circulación que por desgracia ocurren.

Un resquicio de luz

EL PATIO

Oigo un ruido muy fuerte de sierra, como que cortaran algo y me asomo al patio, ¡Uf! que nube de humo que sube, bueno es polvo pero parece humo… ¡Pero qué demonios…! Saco la ropa tendida rápidamente y cierro todas las ventanas.

Ya han empezado con las obras del Segundo, —pienso— ¿pero que estarán haciendo con tanto polvo?, que para hacer la cocina nunca había visto yo algo así, igual están haciendo algo más porque no me lo explico…

Entro al salón y se lo digo a mi marido, se asoma al patio y dice que él tampoco lo entiende y vuelve a cerrar enseguida. Bueno menos mal que estoy en el octavo que si estuviera encima, ni te digo….

¡Hay ese patio!..., ya no es lo que era, antes todos nos conocíamos, ahora entran inquilinos nuevos y se van otros que ni has llegado a conocer, estos son ahora los pisos de alquiler… Antaño, cuando alquilabas un piso era para toda la vida, como nosotros, que no nos moveremos de aquí si no es con los pies por delante, pues como no nos toque la lotería, eso de comprarnos un piso es imposible, y es que yo no sé cómo lo hace la gente, yo no me hipoteco para tantos años, ¡que va… ni loca! si es que dicen que hacen hipotecas de hasta 50 años. Y digo yo…, que será para dejarla de herencia porque, vamos igual te mueres antes de terminar de pagar el piso.

Bueno, vamos a por faena… hoy que pongo de comer…, ayer hice pescado, pues nada hoy una crema de verduras y una hamburguesa a la plancha, si es que se te acaban las ideas para cocinar, cada día me aburre más.

Pongo la olla con las verduras para que se cuezan y me pongo a recordar con melancolía…—cuando ya hace años casi todos los que aquí llegamos a vivir éramos parejas jóvenes, los pisos eran nuevos para estrenar, y andábamos todos de arreglos con el piso, algunos hacía poco que se habían casado y otros como nosotros, al cabo de unos 7 meses lo hacíamos. Todos teníamos mucho en común, la ilusión de empezar una nueva vida y una familia en nuestra casa-.

Se hicieron amistades que han durado años, y con otros vecinos, el trato simplemente era muy cordial

Por eso el patio, sobre todo para nosotras era vida, charlábamos y reíamos, y nos preguntábamos por nuestros hijos, pues todas las ventanas de la cocina y la galería del lavadero, daban a ese patio. Más horas que nosotras nadie pasaba en esos metros cuadrados.

Recuerdo que charlaba con las de mi rellano cuando coincidíamos tendiendo la ropa o en verano con la ventana abierta y preparando la comida, siempre había ese:

— *¡Hola! ¿Cómo vas?,*

—*Bien…, muy liada.*

—*Bueno pues ya charlamos después…*

Igual pasaba con las de más arriba o más abajo, al tender la ropa, si coincidíamos, siempre nos cruzábamos unas palabras. Es curioso que con algunas pasara tiempo sin vernos por la escalera o el ascensor, o incluso por la calle, la mayoría trabajábamos y los horarios no coincidían, pero por la ventanas de las cocinas y el patio, si nos veíamos.

He de reconocer que muchas veces salía a la galería a mirar por el patio, y es que soy un poco cotilla, simplemente me gustaba observar, quien tenía la ropa tendida, cuál era el tipo de ropa, o si alguien hacia días que no tenía movimiento y no se veía luz, y mi cabeza pensaba… que si quizá, estuvieran fuera…, o les hubiera pasado algo…

Igual al día siguiente ya todo volvía a la normalidad, y yo ya me quedaba tranquila.

Es curioso…, pero por la ropa se puede saber las costumbres de las personas, sus intimidades o sus vergüenzas y en ese caso me refiero a las que nunca tendían la ropa interior en el tendedero, tanto de hombre como de mujer, supongo que igual la secaban dentro de casa, es algo que nunca he entendido, pero cada uno tiene sus manías….

También se veía quien tenía más posibilidades que otros y se notaba cuando la ropa era nueva, sobre todo en ropa de cama y toallas, porque siempre había modelitos muy variados….

Luego estaban las que ponían la ropa toda muy bien puesta, a la hora de tender, o las que la colgaban de cualquier forma, algo que no he entendido, pues luego debes planchar el doble.

Siempre he supuesto que los demás también miran por el patio y observan, *"será que cree el ladrón que todos son de condición"*, eso siempre me lo decía mi marido, cuando le comentaba cosas que me sorprendían o hacían gracia, y me recriminaba mi costumbre .

Oír sin querer, eso también ocurre por el patio, escuchas conversaciones telefónicas, pues tienen la ventana abierta, escuchas cuando son felices y ríen y cuando lloran, e incluso las riñas en las casas.

En alguna ocasión, he temido por las riñas que no fueran más allá, cuando el tono cada vez aumentaba y aumentaba y oías algún portazo, cosas que se caían. Pero es difícil saber en qué piso tiene lugar a no ser que sea muy cercano, pero en un edificio de 14 pisos con 4 pisos por planta, es complicado saber de dónde procede la discusión.

En el primer piso con salida al patio, siempre tienen las de perder, pues entre las prendas de ropa que siempre se caen, y claro casi siempre vas a recogerlas y se la pides y no deja de ser una molestia para ellos, o también hay quien ni se molesta en ir a recogerlas…, —así pues, luego seguro que tienen los calcetines desparejados….— Pero también sufren otras torturas, como los guarros que tiran cosas como botellas de brick o plástico de todo tipo, papeles, bolsas de basura enteras, que se espachurraban al caer, imaginaros el panorama, ya que también han llegado a recoger hasta condones, usados claro, bueno lo de las bolsas de basura, duro poco, debían ser algunos que estarían de paso y no les importaba nada. La verdad es que no les envidio para nada el patio que tienen…

Recuerdo que lo mejor de todo es que hubo una temporada que todas los vecinos andábamos revolucionados por quienes alquilaron el 1er piso, pues resulto ser una casa de citas, ilegal por supuesto, y la de reuniones que hubo de vecinos ¡Uf, un montón!

Los más moralistas querían recoger firmas para que la empresa dueña de los pisos, los echara, porque eso era una guarrada, luego los que eran más liberales, pero que sufrían las consecuencias de tenerlas en el mismo rellano, por la cantidad de trasiego que había, o cuando les llamaban por el interfono los clientes, porque se habían equivocado de piso, y eso a cualquier hora, a ellos sí que a estos si los entendía perfectamente. El resto igual vivían en los pisos más altos, y porque se lo contaron, que si no, ni enterarse de lo que pasaba en ese piso, pero como siempre, había un grupito que eran los mismos, que protestaban por todo.

Ya fuera ese problema o cualquier otro, como que había quien bajaba por la escalera haciendo demasiado ruido… y les molestaba…

Bueno ya se sabe cómo son las reuniones de escalera…

A mí, al igual que a otras vecinas, más bien nos hacía gracia, todo es te lio que se armó, pues las inquilinas eran unas chicas normales y simpáticas cuando te las encontrabas en el portal, no sé, si eran unas cuatro en el piso, pero se solían ver algunas más entrando y saliendo de él en diferentes horarios.

También tendían su ropa tras hacer la colada como es normal, y lo mejor era, cuando su ropa interior y sexy quedaba a la vista, yo no podía apreciarla tan al dedillo, pero aun así, había prendas que llamaban poderosamente la atención.

Ellas en ocasiones salían al patio a charlar y ligeritas de ropa, sobre todo cuando llegó el buen tiempo, no os podéis imaginar la de cabezas que se asomaban por las galerías y en otras habitaciones que también dan al patio, y no eran féminas precisamente, yo me reía un montón, por lo bajito claro, y seguro que mi marido también se asomó alguna vez que otra... No es que le pillara, pero me hubiera dado igual de ser así, pues a fin de cuentas es un hombre.

Bueno...., vamos otra vez a por la comida, supongo que ya estarán cocidas las verduras. Tendré que concentrarme ahora en lo que estoy haciendo, no se puede tener la cabeza en dos lugares.

Antes, pero, me asomo por la ventana para ver si el polvo sigue allí, y ya lo creo que sigue, está todo bien blanquito, las tuberías, los plásticos que tienen algunas encima de la ropa y seguro que la ropa también, van a tener que volver a lavar, en fin...voy a lo mío...

¡UF!...Por fin estoy sentada en el sofá nuevamente, pues tras la comida, recoger la cocina y poner el lavavajillas ya me tocaba descansar, y ahora pondrán esa serie que sigo cada día, no es muy larga, y hacen más anuncios, que serie, pero me tiene enganchada.

Mientras me tomo mi café, vuelvo a oír ruido estridente, que suena en el patio, ahora son martillazos, y nuevamente viene a mi mente una añoranza de niñez...

Viene a mi memoria que yo misma de pequeña en la antigua escalera en que vivíamos, antes de mudarnos con mis padres, pues…desde las ventanas que daban al patio, jugaba con mis vecinos y charlábamos o quedábamos para ir a jugar a casa de uno u otro, y nos reíamos y enfadábamos, y cuantas veces las madres, abortaban nuestros planes, pues eso de ir de casa en casa, ocurría que no era el momento en que ellas estuvieran dispuestas a aguantar a otros niños que no fueran los suyos. Es seguro que tanto yo como un par de niños más, siempre buscábamos ese contacto con el vecinito, pues éramos hijos únicos.

Con el tiempo eso ya se ha perdido, mis hijos era impensable que estuvieran en la ventana jugando con otros vecinos, alguna vez al estar nosotras charlando, ellos sacaban la cabeza y se saludaban, pero la mayoría iban al mismo colegio, así que ya se tenían muy vistos, también si querían quedar con un amigo, el teléfono era su instrumento, y vamos que hoy en día viendo a todos los jóvenes y niños con sus móviles o Internet, ya no precisan asomarse a esa ventana, ahora su zona de juegos es virtual

Bueno van a empezar la serie, ahora si ya me concentro en ella y se acabó dar más vueltas a este tema. Seguro que mañana ya ni pensare en ello.

¡Excelente café! Hoy me ha quedado muy rico…

Un resquicio de luz

EXTRAÑOS RECOVECOS...

Llegamos... al fin... no sé dónde...

La veo a ella saludarnos apurada, salimos juntos charlando, nos explica que vuelve a casa tras mucho tiempo, se enfadó con su familia y se fue, es la hija prodiga.

Vuelve con un regalo para sus padres, algo muy simple, unas zapatillas para él y unos guantes para ella.

No sé cómo hemos llegado a su barrio, íbamos charlando tan animadamente que ni me di cuenta

Solo llegar a la casa la recibe un extraño, la familia no está. —Ella nos ha pedido que la acompañemos pues tiene miedo—, así pues envuelve el regalo con un periódico que hay en una mesa escribe una nota para sus padres y lo deposita en un frutero que hay sobre el armario.

Salimos un rato con ella, no quiere esperar en la casa, ya volveremos más tarde, cuando esté de vuelta la familia.

La verdad es que es todo un poco surrealista, subimos y bajamos escaleras, rincones imposibles para al final salir del viejo edificio al patio de un parking, del viejo Madrid.

Vagamos por las calles animadas y estrechas, llenas de colores y de vida, todo es antiguo parece que no ha pasado el tiempo. Vamos a una tienda de vestidos, allí ella habla con la dueña y le saca un lindo vestido de novia que se prueba, de una bolsa que no me había fijado que llevara, saca unos preciosos zapatos. El vestido le queda de maravilla y le ajustan el largo del mismo. Nos relata mientras…, que por esto… "la boda", ha vuelto a casa, va a casarse y quiere hacer las paces con la familia para que estén con ella en un momento tan especial.

Volvemos a la casa por los estrechos recovecos de las callejuelas, seguido por escaleras imposibles y rincones costosos de atravesar, insiste en que nos quedemos con ella no se atreve a enfrentarse sola a su familia.

Al llegar a la casa, los padres y el resto de la familia están de regreso. La madre la abraza, pero el padre da media vuelta y se va hacía una habitación.

Todo son lloros, y abrazos y también frustración, ella esperaba que su padre reaccionara mejor al verla, sabe que no la ha perdonado.

Su madre le pide calma, que le dé tiempo… que seguro la perdona…Y ella le explica que se casa que ya tiene el vestido y que incluso hoy le han hecho la última prueba.

Ella se da cuenta de que nos tiene olvidados y nos presenta a la familia, su madre nos mira con mala cara, no le gusta que estemos allí, lo noto y mi marido también.

Recuerdo de pronto el regalo olvidado en el frutero, lo alcanzamos pero esta todo mojado, había agua y el periódico esta mojado, el envoltorio de los regalos aún se ha salvado, solo tiene una leve humedad. Le hacemos llegar el regalo, para que se lo dé a sus padres, su madre no nos quita la vista de encima. Ella desparece hacía al fondo para ir a hablar con su padre y entregarle el regalo.

Yo aún busco la bella nota que ella les escribió en el periódico, estoy desolada, no la localizo y las hojas mojadas se van deshaciendo en mis manos, quería que sus bellas palabras sirvieran para relajar un poco el ambiente.

La madre nos acompaña a una habitación con una antigua cama de cabezal metálico, una vieja mesita y un armario del que saca ropa de una de las puertas, para que podamos poner nuestras cosas. Cuelga una cortina de una ventana alta, que conecta una habitación con otra, no hay ventanas exteriores, como en tantas casas del antiguo Madrid.

Nos sentimos incómodos, charlamos con el resto de familia, hermanos de todas las edades el más pequeño tiene 4 años, tíos solterones y también realquilados que viven en el domicilio, por lo menos en la casa de 4 habitaciones viven 12 personas y ahora somos 3 más.

Cenamos y nos damos cuenta que algo extraño pasa, o son muy incultos o no saben cómo ha evolucionado el mundo, viven en los años 60, incluso visten de esa época.

No hemos vuelto a ver a la chica, ya es tarde y antes de acostarnos la buscamos por la casa, llegamos a una sala donde se están acostando en un sofá y en el suelo, van en camisón y pijama…

son su madre y algunos de los hermanos, solo nos queda una puerta que mirar, la abrimos y oímos el grito de la madre.

—Es que sois unos maleducados, no veis ese letrero que pone llamar antes de entrar, acaso os pensáis que esta es vuestra casa. La puerta se abre y sale uno de los realquilados. Resulto que era el baño, el único en toda la casa.

Nos vamos a nuestra habitación y decidimos que buscaríamos un hotel, estábamos muy incómodos y allí no éramos bien recibidos. Salimos por la puerta con nuestras bolsas sin ni siquiera despedirnos, a la muchacha no la habíamos vuelto a ver.

Todo era tan extraño, volvimos a bajar y subir escaleras imposibles, rincones muy raros y al final salimos a las estrechas calles, era un mundo lleno de bullicio, eso sí, ahora era un ambiente nocturno, bares llenos de humo, gente tomando copas, mujeres en las esquinas esperando al siguiente cliente, subimos hacía lo que parecía una avenida para tomar un taxi, y solo encontramos un parque allí no pasaban apenas autos, así que cansados nos sentamos en un banco y comprobamos que teníamos una vista excelente de la ciudad, iluminada…

En el centro, se veía perfectamente el barrio de dónde veníamos, era más oscuro y todo eran casas antiguas, tenía forma de triángulo, un lugar en penumbra que resaltaba del resto de la ciudad.

No sabíamos que hacíamos allí, ni como habíamos llegado ni nada de lo ocurrido tenía ningún sentido, simplemente nos dejamos llevar por las circunstancias. Vimos como poco a poco el perfil del barrio fue desapareciendo, de pronto sonó el móvil, nos cogió de improviso, estábamos tan absortos…

Respondimos, era nuestro hijo, que nos preguntaba si ya había llegado el tren, que si nos venía a recoger. Miramos alrededor nuestro y sorprendidos vimos que estábamos en la estación de Atocha

¿Quizá fuera solo un sueño… o algo más…?

Un resquicio de luz

INESPERADO ENCUENTRO…

Hacía días que tenía que hacer unas compras, pero siempre por una cosa o por otra, quedaba relegado a un futuro, pues siempre surgían imprevistos, parecía que el destino no quería que fuera de compras, o quizá fuera mi ángel de la guarda, que evitaba que gastara más dinero del necesario y cuidaba de mis finanzas… Eso era lo que yo comentaba a mis amigos en tono jocoso.

Pero bueno hoy, por fin parece que sí, que voy a poder acudir al centro comercial y comprar lo que preciso. Así pues después de tardar bastante en llegar tras salir del trabajo, pues había mucho tráfico, logre aparcar mi auto y comencé a buscar todo lo que precisaba. Fue pasando la tarde y ya iba pensando en ir hacía casa, estaba muy cansada y con dolor de cabeza y de pies.

De pronto oí que me llamaban… ¡Ivet, Ivet!

Me volví y me encontré con mi amigo Edgar, me sorprendió mucho verle y al principio, no recordaba su nombre, hacía años que no le vía y me quede en blanco, (*no os ha pasado nunca que os saludan y se ponen a charlar contigo, sabes que le conoces, pero no recuerdas quien es…*) menos mal que enseguida reaccione.

— Como estas Ivet, que es de tu vida….

— Bien Edgar, mira que hace tiempo que no nos veíamos, y tú que tal que cuentas, espero que todo esté bien.

—.Pues si ya ves aquí haciendo unas compras, ya veo que vas muy cargada, quieres que te ayude.

— No, te preocupes tengo el automóvil junto a la puerta, gracias igualmente, espero que nos veamos con un poco más de tiempo y tranquilidad, ¡Cuídate, nos llamamos!

Regrese contenta a casa, tenía todas mis compras y me había encontrado con un amigo. En cuanto llegue, deje todos los paquetes y me dirigí al salón donde toda familia estaba reunida.

— ¿Cómo fueron las compras, lo encontraste todo? Me preguntaron...

—.Claro, además a que no sabéis con quién me he encontrado y hemos estado charlando, hacía un montón de tiempo que no nos veíamos…, pues con Edgar…

De pronto todos se volvieron hacía mí y me miraron muy sorprendidos y con cara extraña…

Lo primero que me preguntaron es si me encontraba bien…, a lo que respondí muy extrañada, que porque me lo preguntaban que yo estaba bien, cansada claro, que me dolían los pies… ¿Porque me lo preguntáis, que pasa?

Y fue entonces cuando me indicaron que Edgar, había fallecido hacía más de dos años, que si no lo recordaba… Y lo recordé, por supuesto que lo recordé…

En ese momento, mi mente volvió a la confusión que sentí en el centro comercial al verle, y me di cuenta de que algo me había ocurrido para que yo no fuera capaz de recordar su muerte y charlar con el tranquilamente… Empecé a temblar de miedo.

Y aún hoy, lo recuerdo con temor, porque realmente no sé lo que me pudo suceder, para no ser capaz de reconocer que tenía un aparecido ante mí.

Dedicado a Ivet Evangelina Cortesarreola

Historia inspirada en un hecho real.

Un resquicio de luz

LA BRUJA

En una pequeña casa en un barrio de una gran ciudad, vivía Pastora.

Su casa, siempre cerrada a cal y canto, las paredes desconchadas y los portalones de las ventanas medio caídos, hacían sentir a quien la miraba, que la casa estaba abandonada; o incluso que amenazaba ruina.

Todos decían que allí vivía la bruja… No tenían miedo ni evitaban el pasar junto a ella, pues estaba en una zona de paso. Pero todos se santiguaban para protegerse de ella, por si acaso les hacia algún mal de ojo.

Pastora no vivía sola, estaba su hija Amaya con ella, quien la cuidaba pues su avanzada edad le impedía hacer muchas cosas, sus piernas ya casi no la aguantaban.

Decían quien la conocía que por ella no pasaba el tiempo, su rostro apergaminado era el mapa de su vida, cada línea una vivencia, una alegría o una pena, las suyas o la de los demás…, nadie la recordaba joven y lozana, era como si hubiera nacido ya vieja.

Contrario a lo que se pudiera creer, la casa era asiduamente visitada por muchas personas del barrio y gentes de otras partes de la ciudad e incluso venían de localidades lejanas, para que

Pastora les solucionara dolencias de todo tipo, males de amores, buscando la suerte…, bueno todo lo que el ser humano quisiera demandar por egoísmo o por desesperación.

Y solo los que iban de buena fe con el corazón en la mano podían obtener de Pastora lo deseado, pues ella era poseedora de un "Don" y lo utilizaba solamente cuando quien se lo requería se lo pedía noblemente.

A los demás…, los que buscaban solo el beneficio personal jamás les ayudo, les dio consejos intentando que buscaran por si mismos lo que le requerían o en ocasiones les daba algún placebo, sabía juzgar a las personas y conocía exactamente lo que precisaba cada uno.

No tuvo nunca necesidad de publicitar su "Don", ni se le hubiera ocurrido siquiera… pero la gente le hacia ese trabajo, el boca a boca era suficiente para que todos pudieran saber de ella.

En el barrio no muy lejos vivía Johana, tenía 5 años y en su casa estaban preocupados por ella, pues fue una niña delicada de salud, le diagnosticaron una grave enfermedad de la que estuvo por un par de años tratada y de la que al fin se curó.

Por ello quizá su madre se preocupaba más de lo debido y viendo que Johana llevaba varios meses como apática y triste, no detectaron los médicos que pudiera tener algún problema de salud. Pero su madre no entendía lo que le ocurría su hija.

Un día su tía vino de visita y le comento a su madre Pilar, que porque no la llevaba a que la viera Pastora, al principio Pilar se negó, dudaba que ella pudiera resolver nada.

No creía en curanderas, así pensaba…, pero viendo que cada día su hija estaba más callada que su mirada se apagaba, decidió llevarla, así que llamo a su cuñada para que fuera con ella y la niña.

Una tarde de otoño, se acercaron a casa de Pastora, había un par de personas antes que ellas y en una salita esperaron un buen rato. Johana no entendía que hacían allí, era una casa triste con las paredes desconchadas y muebles muy antiguos, no le gustaba nada y le dijo a su madre que quería irse.

Pilar logro tranquilizarla y le dijo que iban a visitar a una abue-lita muy simpática.

Ya más tarde, al final Amaya las hizo pasar a ver a Pastora, cuando Johana la vio, sintió miedo pues su aspecto tan arrugado y sentada en la penumbra no daba mucha confianza, solo al oír su voz se tranquilizó. Era una voz dulce, cariñosa, transmitía paz. Pregunto a Pilar porque había traído a Johana y ella se lo explicó.

Seguidamente las hizo salir y se quedó a solas con la niña.

Estuvo un largo rato con ella, charlando como lo haría una abuela con su nieta. Ya hacia el final, se puso a recitar unas ora-ciones y empezó a marcar cruces con sus dedos sobre la cabeza de Johana; Una vez terminada la sesión llamo a Pilar y le dijo que trajera a la niña todos los días durante una semana.

Al salir Pilar le pregunto a Johana que habían estado haciendo, y ella le explicó que la abuelita le estuvo contando historias y luego habían rezado y que si mañana volverían pues era muy simpática, su madre le dijo que sí, que volverían a verla.

Y así fue transcurriendo la semana, cada día era el mismo ritual, el último día hizo pasar también a Pilar, y le dijo que a partir de ahora ya Johana estaría bien, que lo que tenía la niña era que estaba *"añorada"*. —Pilar no entendía por qué decía que su hija sufría este mal ya que no le faltaba de nada, no había nadie de la familia que faltase— y así se lo hizo saber.

Pastora le explicó que la tristeza o la sensación de pérdida no siempre estaba motivada por algo concreto, en ocasiones surgía sin motivo aparente y por espíritus que se apropiaban poco a poco del alma de un mortal viviendo de su energía.

Eso era lo que ocurría con Johana, pues un alma infantil estaba unida a ella, y ella inconscientemente lo sabía, por eso su tristeza.

— Óigame Pilar, ya no debe preocuparse más por Johana, la he liberado del espíritu y ya vuelve a ser la niña que debe ser, una niña totalmente normal. Johana es una niña encantadora muy cariñosa y lista, así que esté tranquila, disfrute de ella y cuídela.

— Adiós Johana, se muy buena con mama y pórtate siempre bien.

Y así, ya Pastora se despidió de ellas.

Al salir Pilar le dio dinero a Amaya, no es que hubiera una cuota que hubiera de pagarse cuando Pastora hacia cualquiera de sus tratamientos, o ritos. Ella pues, solo aceptaba la voluntad.

Solo llegar a casa, Pilar pudo comprobar como Johana se puso a jugar con su muñeca y a estar tan traviesa y movida como siempre.

Y Johana le fue preguntando a su madre, cuando volvían a ver a la abuelita Pastora, pues ella quería ir a visitarla de nuevo.

Con el tiempo ya no le pidió a su madre ir a verla de nuevo, pero nunca la olvidó. Siempre recordó ese rostro surcado por cientos de arrugas y las historias que le contó.

Solo al cabo de los años supo el verdadero motivo de su visita a Pastora, y creyó fervientemente que siempre habría verdaderas Pastoras en el mundo, que poseen ese "Don" y que están aquí para ayudar a los demás.

Un resquicio de luz

LA CABAÑA

Desde su ventana cada día observaba a lo lejos, la cabaña…. Una vieja casa destartalada que en cualquier momento daba la impresión que se desmoronaría, imposible no fijarse en ella, pues afeaba el paisaje.

Delfina vivía en una bella y prospera granja que su familia poseía, tenían muchos campos y animales y aunque el trabajo era duro, ella y sus hermanos colaboraban cuando no había escuela. El sol iluminaba cada rincón haciendo brotar la vida y calentando sus corazones, llenos de amor por lo que les rodeaba y dando gracias por ello.

Solo había un lugar al que tanto Delfina como sus hermanos tenían prohibido ir, y era a la vieja cabaña, la que cuando se cruzaba en su miraba, oscurecía su mente y día a día crecía más y más el deseo de acercarse a ella y averiguar qué era lo que allí había, pues no entendía porque se les prohibía ir hasta ella.

Ese verano, tras sus tareas en la granja y una merecida comida, subió a su habitación para acostarse un rato, hasta que el calor del mediodía amainase. Al correr las cortinas y aun sin quererlo, fijo su mirada nuevamente en la cabaña. Su mente se oscureció y una voz interior le gritaba que ya era hora de averiguar lo que allí había.

Esta vez no pudo resistirse y salió sigilosamente de la casa por la puerta trasera, para descubrir el secreto que rodeaba ese lugar.

La distancia que separaba la casa de la cabaña, era mucho mayor de lo que imaginaba, al final, nerviosa y curiosa llego frente a la casa, que era más grande de lo que ella pensaba

Unas escaleras con la madera podrida llevaban hasta la puerta principal, los cristales de las dos ventanas que se observaban estaban muy sucios con alguna rotura y tras ellos, unas cortinas totalmente raídas, un cuervo sobrevoló su cabeza y se posó en el tejado. Delfina se sobresaltó, empezó a temblar y dudar sobre si entrar o volver a casa corriendo, pero su curiosidad tenía mucha fuerza y lentamente empezó a subir despacio… Peldaño a peldaño bajo el crujido peligroso de la madera seca "Craaaack" temiendo que esta se hundiera a sus pies, siguió subiendo hasta llegar frente a la puerta cerrada con un candado y cadenas llenas de óxido, sabía que muchas herramientas con el óxido se rompían, así que simplemente sacudió un poco la puerta, y la cadena con la vibración terminó en el suelo… tenia paso libre y empujo la puerta "Ñieeeeecccccc".

Esta se abrió de par en par, se veían muchas telas de araña del polvo acumulado y una capa blanca sobre el suelo. Al fondo una gran chimenea con troncos apilados a su lado. Poco a poco fue entrando y sus ojos se adaptaron al cambio de luz, contemplo un espacio amplio con una cama en una esquina sobre la que había un montón de ropa vieja entre la que una ardilla dormitaba, pues el tejado estaba roto en ese espacio y las ramas de un viejo roble daban un toque artístico al lugar.

Una mesa, dos sillas y un arcón era el resto de mobiliario que quedaba en la casa. Abrió con curiosidad el arcón, en el que encontró un viejo libro con símbolos extraños un montón de velas de colores y envuelto en una tela aterciopelada una gran bola de cristal. Nada de lo que allí veía era alarmante como para que les prohibiesen acudir a la cabaña. Decidió que no diría a nadie que había estado en la casa y que esta sería su lugar secreto. No obstante, la curiosidad por el libro, le llevó a ojearlo y eso fue lo que le hizo perder la noción del tiempo.

Tan absorta estaba en el mismo, mirando imágenes que se movían y leyendo lo poco que entendía, el libro tenia vida propia, cuanto más avanzaba entre sus páginas, más maravillada estaba, lo que iba leyendo le resultaba familiar, nada le era extraño, era como si lo hubiera escrito ella misma o especialmente para ella.

De pronto percibió que le costaba ver las letras levanto la vista y se dio cuenta de que estaba anocheciendo. Se levantó rápidamente, guardo el libro en el arcón y saliendo de la casa teniendo el cuidado de encajar la puerta y simular la cadena como si estuviera puesta, corrió veloz hacia su casa.

Sus hermanos y sus padres la estaban buscando, y cuando la vieron, la regañaron, por no indicar que había salido y no avisar. Delfina les dijo que se había ido como tantas veces junto al río por el camino y que se había sentado y se quedó dormida, por eso llegaba tan tarde. Afortunadamente para ella, la creyeron, no tenían motivos para lo contrario.

Esa noche Delfina empezó a tener unos sueños muy especiales… donde ella estaba en otra época y partía en un viaje muy largo, viajando en barco, donde la miseria el hambre y las enfermedades estaban diezmando a los pasajeros y los tripulantes, el buque era azotado por grandes olas de una gran tormenta y ella ayudaba a los enfermos en lo que podía, preparaba remedios con lo poco que conseguía en el barco, remedios que conocía desde siempre, pues su abuela se los había enseñado. Al final, pese a ese tremendo viaje, lograron llegar a puerto, un nuevo mundo se abría ante ella.

— ¡Delfina, hija…!despierta perezosa, tienes que ayudarme con las tareas…

Así pues, no sabiendo muy bien donde se hallaba tras un sueño tan real, se froto los ojos, se desperezó, y con un somnoliento… Ya voy mamá… se levantó, bajo a desayunar y salió con su madre para dar de comer a los animales...

Sabes mama, he tenido un sueño muy extraño esta noche, iba en un barco y había muchas olas…

— No te entretengas Delfina que vamos atrasadas… ya me lo contaras otro rato.

Así, viendo que su madre no le prestaba atención, decidió que no se lo contaría, enfurruñada continuó con sus tareas hasta que llegó el momento de la comida y de un descanso.

Delfina se acostó, cansada y sudorosa, hacía un calor tremendo, ese Julio, las temperaturas estaban más altas de lo normal, por televisión, solo decían que estaban batiendo records y que tuvieran cuidado con los golpes de calor, que bebieran mucha agua.

— ¡Uf! Si lloviera un poco, refrescaría— pensó y nuevamente quedo dormida.

Los sueños volvieron…, nuevamente volvía a ser esa jovencita, ahora estaba en un pueblo junto con muchas personas que se preparaban para un nuevo viaje, la gente cargaba víveres en carretas, en mulas, caballos… y ella compro un pasaje en una carreta para viajar hacia el norte, las distancias eran largas y agotadoras, pero sabía que allí donde iba, tenía familia que la esperaba, su tío y sus primas...

Nuevamente despertó cansada y bajo a la cocina, como siempre su madre estaba en ella trabajando, nunca la veía tomarse un rato libre, esa tarde estaba cocinando y preparando conservas. Era una madre genial

— Hija, no te vayas lejos, no quiero que pase como el otro día, que luego me preocupas, quédate por aquí con tus hermanos.

Delfina tenía planes quería ir a la cabaña, pero la advertencia de su madre, puso fin a los mismos, si se iba, igual la controlaban y verían hacia donde iba. Así pues buscó a sus hermanos y pasaron el resto de la tarde juntos.

Esa noche desde su ventana podía observar a lo lejos difuminada la cabaña iluminada por una luna llena que brillaba con fuerza. Se acostó, pero no podía conciliar el sueño, su cabeza daba vueltas sobre los sueños que había tenido y que recordaba como si los hubiera vivido realmente.

Al final el cuerpo pudo más que sus pensamientos y se durmió, pero volvió a soñar... con Mariac, pues al final supo su nombre a través del sueño... El viaje duró cerca de 15 días, en los que se pasaban gran parte del día andando o en carreta, y por la noche paraban a dormir bajo las estrellas, tuvieron suerte que el tiempo en primavera no resulto lluvioso, y así llego el día en que arribaron a su destino, la aldea de Salem (Massachusetts).

Su tío y sus primas estaban esperando su llegada y la vida de Mariac, volvió a ser tranquila bajo un techo con su familia. Su tío era hermano de su padre y hacía muchos años que había viajado al nuevo mundo y creo una pequeña granja con vacas, y distribuía su leche por la comarca, y la llegada de su sobrina le fue de maravilla, ya que otras manos no sobraban.

Mariac, poco a poco fue conocida en el pueblo y en la zona, y también por sus conocimientos como curandera, pues empezó atendiendo a sus primas y a los animales que tenía en la granja saliendo muy airosa de todo ello, hasta el punto que la llamaban de muchas casas o la iban a visitar para que remediara sus males…

Delfina, despertó ese amanecer sabiendo que la cabaña tenía relación con sus sueños, pues ellos residían próximos a la actual ciudad de Salem, estaba segura que Mariac había vivido en esa cabaña. Debía volver a la casa, y revisarla bien, seguro que encontraría algo relacionado con ella.

Así pues, se levantó procurando no alertar a nadie en la casa, segura que su padre ya estaría levantado, debía ser sigilosa para que no notaran de que salía a esas horas o la acribillarían a preguntas. El alba iluminaba el camino, aunque al poco ya empezó a salir el sol que dejo a sus espaldas, encaminándose lo más aprisa posible hacia su destino.

Sabía que era muy importante lo que necesitaba saber y estaba segura que el libro la ayudaría, seguro que en él se hallaba la clave para saber si Mariac vivió allí.

En cuanto estuvo en la cabaña, abrió el cofre y saco el libro, así como la bola de cristal y revolvió el resto de objetos como las velas y pequeños frascos de cristal con algunas hierbas, algunos estaban rotos y otros frascos se notaba que su contenido se había deteriorado por el tiempo.

Así mismo revolvió el resto de la cabaña sin encontrar nada más, ya desistía cuando tropezó justo al lado de la chimenea con una de las maderas del suelo, noto que estaba suelta y la levantó por curiosidad, y así vio, como debajo había alguna cosa guardada. Hizo lo mismo con el resto de tablas, aunque estas le costaron más, por lo que utilizo una rama rota del roble para hacer palanca.

Bajo el suelo había muchos más frascos y utensilios como de cocina e instrumentos que no tenía ni idea para que eran, también encontró un hatillo que envolvía papeles y un pequeño libro.

Recogió el hatillo y se puso a leer rápidamente, entre los papeles había documentos antiguos, entre ellos uno que parecía una partida de nacimiento en que figuraba el nombre de Mariac Miller, al leer el apellido quedo muy sorprendida, pues su familia se apellidaba igual, y estaban establecidos en la zona desde hacía muchas generaciones. Sabía que sus orígenes eran Holandeses siempre se lo habían dicho, pero también había muchas más familias holandesas en Salem.

Pudiera ser que no tuvieran ninguna relación su familia con Mariac, quizá hubieran más personas con el mismo apellido.

Descubrió asimismo, unas actas matrimoniales y más partidas de nacimiento, pero algunos nombres estaban borrosos y deteriorados, las hojas habían sufrido el paso del tiempo y en algunos trozos eran casi imposibles de leer.

Posteriormente y un poco nerviosa abrió el pequeño libro y vio gustosa que era un pequeño diario personal, estaba escrito en una lengua que le era familiar, pues desde pequeña en casa se lo habían enseñado a hablar y leer aunque actualmente apenas se hablaba, era el Frisón, lengua Holandesa que sus antepasados hablaban…, estaban orgullosos de sus orígenes y por ello se fue transmitiendo el conocimiento de la lengua de padres a hijos.

El diario no hizo más que confirmar lo que ya había visto en sus sueños, pero también le siguió explicando la historia de una vida…. Como era ya tarde y antes de que la echaran en falta, recogió todo y solo se llevó el libro a casa, lo escondería en su habitación y leería más tarde.

Llegó justo para el desayuno y nadie se había dado cuenta de su ausencia. Subió a su habitación con cualquier excusa, escondió el libro, desayuno y se puso hacer sus tareas como cada día.

Aprovechando el descanso tras la comida, se puso a leer con ganas lo que en el libro contaba… Mariac, paso unos años muy feliz en Salem, e incluso se enamoró de Julius uno de los jóvenes que trabajaban en la granja, y pese a que su tío no estaba de acuerdo, se casaron y fue entonces cuando empezaron los problemas, pues Julius solo pretendía sacar partido de ella por ser sobrina del amo de la granja en que trabajaba, y el amor se convirtió al poco tiempo en un infierno, ya que viendo que no sacaba partido de su boda con Mariac, Julius la abandono estando embarazada de su primer hijo, pero Mariac era una luchadora nata, y siguió adelante, pese a que su tío le reprochara que ya sabía que pasaría algo así.

Paso el tiempo y en la aldea empezaron a surgir problemas con acusaciones de brujería entre algunos vecinos ante lo cual la iglesia luterana tomo cartas en el asunto. Su nombre fue uno de los mencionados en el juicio y tuvo que declarar. Salió airosa de ello, pero a partir de ese momento ya quedo marcada y marginada para siempre, su tío ante la posibilidad de que perjudicara su negocio, la echo de la granja y fue entonces cuando con su hijo vino a vivir a la cabaña.

Sobrevivió como pudo, totalmente aislada cazando animales con trampas y también con sus conocimientos, pues pese a todo siempre hubo quien iba a visitarla a escondidas, para que les preparara pociones curativas o incluso quien desesperados la llamaban para que acudiera a atenderles. Así pasaron los años, su hijo Gregor creció y al final se marchó de la casa a vivir en la aldea, quedando sola y viviendo siempre con el estigma de ser la bruja, hasta su muerte.

Así pues, ese era el secreto de la casa, por lo que todos la temían, por ser la casa de la bruja. No obstante Delfina estaba segura que Mariac era una antepasada suya y empezó a preguntar a sus padres por sus orígenes y el nombre de sus tatarabuelos y de toda la familia, la madre y el padre contestaban pacientemente, pero al final se cansaron pues no lo recordaban todo y le facilitaron el libro y los documentos que se conservaban de la familia, y allí entre esos papeles, encontró lo que buscaba, ellos eran descendientes de Mariac y por ello se sentía tan especialmente ligada a ella.

Sus visitas a la cabaña no cesaron, así como su afán en aprender todo lo que el libro con su sabiduría le pudiera ofrecer.

Cierto día estando enfrascada en él, noto que la bola de cristal brillaba, pensó que era un reflejo, la movió, pero su brillo iba en aumento, fijo su mirada en ella y vio claramente la imagen de una mujer que le sonreía, Delfina perdió la noción del tiempo y su mente viajó a otra época, de pronto se encontró frente a frente con Mariac, quien la abrazo y le indico...

—.Tú serás mi sucesora, posees todo mi conocimiento, solo debes quererlo, para poder hacer uso de él. Hace mucho tiempo que te estoy esperando pues sabía que llegaría el momento en que se reivindicaría mi nombre y dejaría de estar marcada. Mariac tu eres quien debe conseguirlo, pues has nacido para ello, estabas predestinada, yo así lo dispuse—.

De pronto volvía a estar en la cabaña, y entonces entendió cuál era su cometido, bajo hasta su casa y aun sabiendo que sería difícil de justificar el que hubiera acudido a un lugar prohibido, también sabía que debía hacer comprender a sus padres, que junto a ella, era preciso hacer saber la historia de Mariac, que la familia respetase su nombre y su buen hacer en la vida, pese a los reveses que sufrió y también ante el resto del pueblo y en los libros de historia de la ciudad.

Paso un tiempo, antes de que pudiera cumplir todos sus propósitos, pero su familia la escucho y ayudó, logrando que la historia se rescribiera a favor de Mariac.

Delfina siguió aprendiendo y estudiando, hoy en día es doctora en la ciudad de Boston.

LA FOTO DEL DESVAN

—Si Juana, es una maravilla, y estoy muy ilusionada, no sabes el tiempo que llevábamos buscando un inmueble similar…

—Supongo que pronto la veré, María. Espero que me invites

—Si claro que la veras pronto, pero aún hay que hacer muchas cosas .Mira ayer subí por primera vez al desván que existe en la casa está lleno de muebles viejos, de cajas baúles...

¡Uf!!! He de ponerme hacer limpieza y tirarlo todo, veré si algo puede tener algún valor… es mucho trabajo.

—Si quieres vengo a echarte una mano… ya me dirás cuándo, y que sabes de la historia de la casa, porque si hay tantas cosas antiguas, ya sabes que entiendo un poco de ello.—le recuerda Juana—

—De la casa lo único que sabemos es que hace años que no estaba habitada, que sus antiguos propietarios fallecieron en el extranjero y que era una casa familiar de varias generaciones…. Eso nos dijo el agente del banco que nos tramito todo.

Es una casa preciosa, de estilo victoriano y está en el campo como siempre soñamos, y está cerca de la ciudad, podemos respirar aire fresco y mucha paz. Tendremos que hacer bastantes reformas y actualizar sus instalaciones, ya sabes, tuberías, cables etc., pero eso ya lo sabíamos cuando la compramos, así que tendré que darme prisa en vaciar el desván, pasado mañana vienen los obreros. Porque no vienes mañana y me ayudas Yo empezare esta tarde a mirar a fondo iré sacando cosas, pero hay mucho trabajo.

—Si quieres vengo hoy mismo, no tengo nada que hacer, ¿qué te parece?

— ¡Perfecto! Será estupendo, no sabes lo que te lo agradezco.

Juana llego después de comer, venia preparada para la labor, ropa adecuada y calzado cómodo. Quedo maravillada cuando vio la casa, era realmente muy hermosa y a la vez majestuosa, el enclave de la misma era ideal y tenía un jardín precioso y muchísimo terreno. En fin que María había tenido suerte en encontrar esta casa y así se lo hizo saber.

Tomaron un café rápido y subieron al desván…

—María, realmente tienes razón en que hay mucho trabajo, vamos a ver que hay por aquí… mira de entrada, veo allí una cómoda preciosa de muy buena madera y de las que ahora no se encuentran Seguro que un anticuario te pagaría muy bien por ella.

Poco a poco, empezaron a amontonar lo que realmente veían que eran trastos inútiles, deteriorados, rotos etc. Y lo fueron bajando y dejando en un contenedor que ya tenía preparado para las obras, pero que de momento le era útil mañana ya lo sacarían de allí todo.

Otros pequeños muebles, cajas talladas con nácar incrustado y unos platos de loza antigua y un montón de objetos más, los separaron pues les gustaban a las dos, quizá se les pudieran dar utilidad, una vez limpios

Descubrieron un armario y un baúl lleno de ropa de época, y aunque alguna estaba estropeada por las polillas otras piezas se veían en buen estado y realmente hermosas, sería cuestión de poner la ropa en cajas y ver que hacían con ella…, en fin ya se vería.

Y aunque ahora vaciaran el desván y fueran poniendo todo lo que podría venderse o dar utilidad en la casita pequeña y garaje que había junto a la casa. Les quedaría trabajo para clasificar y buscar compradores, y llamarlos para que vinieran a ver todo, y a ver cuánto ofrecían.

La cómoda que vio Juana, curiosamente pesaba un montón, tenía los cajones cerrados con llave, y no vieron ninguna por allí para abrirla y vaciarla, por ello les costó muchísimo, sacarla del desván

Ya estaba oscureciendo cuando lograron bajarla, y la dejaron en la casa, ya no se veían con ánimos de llevarla al garaje…

—Oye María, mira me voy a quedar a dormir, estoy molida como para coger al coche e ir a casa y así mañana empezamos temprano pues aún queda mucho. ¿Qué te parece, la idea?

—Pues que me va a parecer, perfecto. Además me harás compañía, Juan está de viaje y no vuelve hasta el viernes, así que es estupendo. Voy a ver que cenamos y a descansar, yo estoy también hecha polvo.

Cenaron unas pizzas y se pusieron a charlar en el sofá, de temas variados y sobre todo de la casa. María estaba tan ilusionada, que no paraba de explicarle todos los detalles de las obras y de lo que harían y como la decorarían. Por ahora habían traído los muebles que tenían en el apartamento, que tampoco no eran muchos, y bueno llenar esta casa, sería un trabajo laborioso y costoso, así que primero las obras y luego poco a poco la decoración

Juana estaba escuchando a María pero no podía quitar la vista de la dichosa cómoda. No sabía porque, deseaba con todas sus fuerzas abrir esos cajones, para ver lo que había dentro.

Se levantó y le pidió a María que le trajera un destornillador o un cuchillo, porque quería ver lo que había dentro. María no se opuso en el fondo ella también estaba intrigada.

Juana resultó ser muy mañosa, y logró abrir la cerradura, con lo que los cajones fueron abiertos y salieron de dudas del secreto que la cómoda guardaba. Estaba llena de Álbumes de fotos, y libros antiguos y documentos, cartas y casi todo en muy buen estado. Se notaba que quien lo guardo allí, había tenido mucho cuidado en que todo se conservase.

Allí había toda la historia de la familia que vivió en esa casa durante varias generaciones. Era maravilloso, pero en realidad no sabían por dónde empezar ni qué hacer con todo ello.

Debía organizarse todo muy bien…—pensó María— hablaría con Juan, quería que viera lo que había encontrado, a ver qué opinaba él y si se le ocurría que hacían con todo ello.

Juana ya había empezado a separar papeles, la curiosidad la mataba, partidas de nacimiento, certificados de matrimonio, de defunción, títulos de propiedad… en fin

Cuando llegaron al último cajón, este estaba atascado, había algo que entorpecía su abertura, pero al final pudieron abrirlo, una caja pequeña era lo que no dejaba abrir, la tapa de la misma se rompió con el forcejeo, y empezó a sonar una música dulce que duró muy poquito y es que era una caja de música.

Curiosas la abrieron del todo y encontraron en su interior unas cartas unos pequeños pendientes y una pequeña fotografía todo ello atado con una cinta azul.

María quedó impresionada con esa fotografía, era de una niña tan hermosa y dulce que sintió como si en su interior saltara un resorte.

Y no pudo evitar las lágrimas. Juana la miro extrañada, ella también estaba fascinada con esa caja y su contenido y por supuesto la fotografía era preciosa y estaba en buen estado pese a los años transcurridos, pero no entendía lo que le pasaba a María pensó que sería el cansancio y el stress de la mudanza.

Por supuesto María se repuso en seguida, ni siquiera ella entendía por qué se había emocionado de tal modo. Decidió que hicieran lo que hicieran con todos esos papeles y el resto de fotos, esta, se la quedaba ella, al igual que la caja de música que era muy hermosa, toda blanca lacada y con flores pintadas a mano. Intentaría reparar la tapa y volver a encajarla en sus pequeñas bisagras, no lo veía difícil en absoluto.

Ya era muy tarde y se fueron acostar, no obstante María, se llevó la caja con su contenido a la habitación.

Se durmió muy rápido el cansancio era notable y el cuerpo pedía descanso. Aunque su mente no quiso obedecer, los sueños la tuvieron inquieta toda la noche, y por la mañana se levantó con una jaqueca terrible.

Se tomó un café bien cargado y una aspirina y junto con Juana, volvieron al desván para terminar de vaciarlo.

María estaba muy callada y Juana sabiendo de su dolor de cabeza, no le dio importancia y no la quiso incordiar preguntando que le pasaba. Llegó el mediodía y se tomaron un merecido descanso para reponer fuerzas y comer algo. Ya les quedaba muy poca cosa para hacer, en un par de horas terminaban seguro.

Y así fue, al fin pudieron bajar del desván darse una buena ducha cambiarse de ropa y descansar. Mientras Juana se duchaba, María llamo a un par de anticuarios de la zona, y también a unos que recogían trastos viejos de los que ya utilizo sus servicios, cuando se mudó para que se llevaran algunas cosas. Ya estaba todo listo. Mañana vendrían los obreros y empezaría la pesadilla…

Subió a su habitación se ducho y cambio y bajo nuevamente al salón

Juana ya estaba allí, acicalada y lista para irse a su casa. Aunque María le dijo que porque no se quedaba también esa noche con ella para hacerle compañía, y por supuesto ella acepto encantada, quería a su amiga y estaban siempre muy a gusto juntas.

Así pues fueron a dar una vuelta por la finca para respirar un poco de aire fresco, después del polvo que habían llegado a tragar... Y mientras paseaban, María le explico que había pasado la noche con sueños inquietantes, relacionados con la foto que encontraron el día anterior... Que la niña la había llamado y ella la había seguido por un camino tortuoso dentro de un bosque muy espeso y que la cogía de la mano cada vez que se quedaba atrás, para que la siguiera, al final llegaron a una vieja cabaña destartalada y la puerta se abrió chirriando.

El interior estaba oscuro, y al principio no veía nada, pero la niña la jalaba hacia adentro. Poco a poco percibió que no estaban solas que había más personas, y de pronto se abrió una ventana y vio a unas mujeres sentadas en una mesa un hombre de pie junto al pequeño hogar donde ardía un fuego. Todos al unísono voltearon la cabeza y le dijeron, bienvenida a la familia María.

El tono con que se lo dijeron la sobresalto de tal forma que se despertó. Ya era por la mañana temprano, su cabeza le explotaba y se levantó. Pero llevaba toda la mañana dándole vueltas a este sueño tan extraño.

—María, es normal tener pesadillas, y el que soñaras con la niña de la foto no tiene nada de raro. Te impresiono esa foto mucho y la encontraste en un sitio extraño, en un desván de una casa antigua… No le des más vueltas. Seguro que todo es sugestión —le contestó Juana—

—Quizá si tengas razón, es una tontería, no sé porque me he obsesionado con ello, Juana. Pero bueno me ha ido bien explicártelo, parece que me he quitado un peso de encima. Ja,ja,ja.

Tras la cena, Juana le preguntó que donde había dejado la cajita de música y María la fue a buscar. Juana quería leer las cartas y ver si averiguaba algo más de la foto.

Así pues sacaron las cartas de la cinta y empezaron a leer por orden del matasellos de las más antiguas a las más nuevas.

Eran cartas de amor de un amor escondido entre dos personas que se amaban profundamente y que las convenciones sociales no les permitían estar juntas…

Ella se llamaba Clarisa y el Johan.se conocían desde pequeños incluso habían jugado juntos, pues la madre de Johan servía en la casa de una familia adinerada y poderosa que tenían una hija preciosa.

Los años pasaron y los dos ya adolescentes se amaban profundamente, tanto que los padres de Clarisa, intentaron separarlos, a ella la enviaron a estudiar a una escuela para señoritas. Y a Johan se le prohibió poner los pies en la casa ni acercarse a su hija. Amenazaron a la madre del chico con echarla del trabajo si su hijo no obedecía.

Los jóvenes no se dieron por vencidos y Johan se marchó un día de su casa sin indicar su paradero. La madre estaba preocupada pero por otro lado, pensó que quizá sería lo mejor, así su hijo podría ser feliz y empezar una nueva vida y seguro que conocería a otra chica y sería feliz.

No obstante no se podían imaginar que el muchacho, había ido a la pequeña ciudad donde la escuela para señoritas estaba ubicada. Y logro contactar con Clarisa, y al final se fugaron juntos.

Los estuvieron buscando por todas partes, los padres de ella, removieron cielo y tierra para encontrarla y al final lo lograron, los hallaron en un pueblecito en las montañas, vivían en una cabaña y él trabajaba en el campo como jornalero. Clarisa estaba embarazada de cinco meses. Los padres escandalizados, por supuesto y con miedo al que dirían en sus entornos sociales. Se llevaron a su hija a un convento hasta que diera a luz, para dejar al bebe allí y olvidar lo que había pasado, y regresar a casa como si nada.

Ellos ya tenían pensado casar a Clarisa con el hijo de un empresario amigo al que le unían muchos negocios. Clarisa no tenía derecho amar a quien quisiera, y ella ya lo sabía.

Por supuesto Johan no se quedó quieto sin averiguar dónde estaba Clarisa y la encontró…

Clarisa estaba tan deprimida que intento acabar con su vida antes de que la obligaran a entregar a ese bebe, la vigilancia férrea a la estaba sometida logró evitarlo. Y llegó la hora del parto, todo fue bien y nació una niña preciosa, que inmediatamente retiraron para evitar que Clarisa pudiera verla. Una vez recuperada del parto, pero deshecha anímicamente, sus padres se la llevaron para su casa.

La criatura quedó a disposición del convento para que la dieran en adopción o la enviaran a la inclusa. La familia de Clarisa, nunca quiso saber nada más.

Johan si, quiso saber de su hija, y al final logró convencer a las monjas para que le entregaran a la niña, ya que era su hija y quien mejor que el para hacerse cargo de ella. Aviso a su madre por carta para que viniera ayudarlo y le explico todo lo que había pasado y que tenía una nieta preciosa. Que empezarían una nueva vida en un nuevo lugar. Su madre, sin decir nada, se despidió del trabajo, rabiosa, por lo que habían hecho sus amos, y no explicarle la verdad e ignorarla en este asunto que también le atañía. No dio explicaciones. Pidió la cuenta y dijo que se iba a cuidar una tía que estaba muy enferma.

Así pues se reunió con su hijo y trabajando los dos salieron adelante

Y pudieron criar y amar a esa preciosa niña Anabel. Pasado un tiempo se fueron a vivir con el tío de Johan que se había quedado viudo y con dos niños y toda la familia reunida, salió adelante, y prosperó. Hasta el punto de que el tío de Johan, tenía un par de negocios en una pequeña pero prospera ciudad, Johan trabajó con él, incansablemente y con el tiempo los negocios le fueron transferidos

De Clarisa, Johan supo con el tiempo que se había casado con quien sus padres querían, y que había tenido un par de hijos más Un día Johan quiso que ella supiera que su hija estaba bien. Así que a través de un mensajero le hizo llegar una carta, su última carta, en la que le envió una hermosa foto de su hija "Anabel". No le dio más datos, ni donde se encontraban. Temía que quizá intentaran recuperar a la niña tras los años transcurridos, Clarisa no tenía culpa de nada pero sus padres si, y jamás permitiría que ellos la conocieran.

Curiosamente entre las cartas también habían anotaciones de posibles búsquedas, por lo visto Clarisa, intento localizar a su hija. Y en una de las hojas y cartas que había escrita había una a un detective privado dando los datos del padre de la niña, con su fecha de nacimiento, lugar, nombre y apellidos, así como los de la madre de él.

— ¡Madre mía!! Esto es un culebrón, vaya con la familia de esta casa. Como pudieron ser capaces… pobre Clarisa y pobre Johan, aunque este no se dio por vencido y mira disfruto de su hija. —Dijo Juana—

—Seguro que Clarisa no perdono nunca a sus padres, yo desde luego no lo habría hecho, pero bueno eran otros tiempos finales del siglo XIX y principios del XX. Seguro que ahora esto no pasaría… —dijo María —

—María…— la llamo Juana- oye estos apellidos no te son familiares tú no te llamas así de segundo ¿"Salmodeño"?

—Si la familia de mi madre su padre se llamaba así de apellido. No es un apellido muy corriente, creo que el segundo era "Porto", sí que es curioso que los apellidos se parezcan, pues no son nada corrientes en esta zona.

— ¿Y cómo se llamaba tu tatarabuela y tu bisabuela, soléis repetir nombres en la familia, como una tradición? – Le pregunto Juana-

— Pues ahora no recuerdo Juana, lo tendría que mirar en los datos familiares que tengo, pues mi madre me paso toda la documentación de la familia en su día, antes de morir. Pero no, no se solían repetir los nombres. Era algo que no nos gustaba en casa.

—Oye donde tiene los papeles familiares, los tienes a mano, ahora es que estoy muy intrigada María – le dijo Juana-

—Ven, — le dijo María a Juana— se levantaron y fueron al despacho de Juan. Allí en unos archivadores tenían toda la documentación, de la familia, desde quien sabe cuándo, pero centraron en las partidas de nacimiento y defunción y libros de familia y documentación de viviendas, etc.

Se remontaron en el tiempo empezando por los documentos de la abuela de María, por parte materna que se llamaba Azucena, y la bisabuela que se llamaba Candela. Los apellidos de parte de su madre, eran "Salmodeño" en ambos casos, miraron los certificados de boda y resulta que la bisabuela se había casado con un primo, con lo cual el apellido estaba duplicado por ambas partes. Ya buscando por parte del primo, encontraron la partida de nacimiento del mismo y cuál fue la sorpresa de ambas que el nombre de la madre que figuraba era el de "Anabel" resulto que si eran familia con María, pues era su Tatarabuela por parte de la familia de su madre.

No se lo podían creer, era un milagro que precisamente después de tantos años, María hubiera venido a vivir a la casa de la madre de Anabel. Ahora entendía por qué sin saber nada sintió algo tan especial frente a la fotografía, esa emoción tan profunda que no entendió. Y por supuesto el sueño ese sueño que en un principio no tenía ningún sentido, ahora era tan revelador que se sentía afortunada, muy afortunada.

Juana estaba impresionada y no paraba de hablar, —María en cambio solo pensaba en cuantas cosas tendría para contarle a Juan cuando regresase el viernes—.

LAS VISIONES DE CANDY

— Te digo que yo lo he visto, te lo juro.

—Anda ya Candy, que eso no es verdad, yo no le veo nada.

— Pues fíjate bien, yo se lo veo mucho más cuando está en la pizarra, ya verás cómo no miento.

Así estaban discutiendo Candy y Merche, durante el rato que duraba el patio, esa tarde no jugaban con sus compañeras. Las dos terminaron enfadadas, pues a Candy le dolía que su amiga no la creyera, no entendía como ella decía que no veía nada.

Terminaron las clases y cada una de ellas se marchó a su casa, Merche vivía cerca del colegio pero Candy debía coger cada día el tranvía.

Estuvo todo el resto de la tarde mientras hacia los deberes enfurruñada. Bueno lo de hacer los deberes era un decir, pues tenía su mente ocupada en entender lo que estaba pasando.

Al día siguiente aún estaba enfadada, pero esperaba ansiosa llegase la hora de la clase con Sor Teresa, para que así Merche también pudiera verlo, así que en el rato de cambio de profesora, se acercó a Merche y le dijo, —Ahora viene la madre, ya verás fíjate y luego me dices lo que has visto…— Por respuesta Merche se encogió de hombros.

Estuvieron dando francés con Sor Teresa, que también les daba otras asignaturas, como la de labores y otra de repaso. Paso una hora, rápidamente y Candy estuvo más pendiente de ver si Merche miraba a la monja que de la clase. Porque ella si lo volvía a ver y hoy era mucho más nítido. Había días en que apenas se apreciaba, aunque ella lo percibía pese a ello.

Terminada la clase salieron a recreo, Candy busco a Merche y esta volvió a negarle que viera nada, además estaba enfadada, la tachó de embustera y se fue a jugar con sus otras compañeras.

Sentada en un banco, Candy observaba como su amiga cuchicheaba con las otras niñas, y al cabo de un rato, el grupo se acercó a ella, y le preguntaron qué era lo que veía…. Entusiasmada, pues pensó que alguna otra quizá viera lo mismo, empezó a relatarlo dando todo tipo de detalles. De pronto sintió que la estaban mirando burlonamente y empezaron a decirle que estaba loca, como una cabra y todo tipo de insultos… y las risas de las niñas se escuchaban por todo el patio.

Candy no pudo evitarlo y se lanzó rabiosa hacia María que era quien llevaba la voz cantante. La pelea empezó con rabia y las dos rodaban por el suelo, se tiraron de los pelos, se arañaron, las patadas y los puñetazos volaban y todo imaginable en cualquier pelea. Entre todo el jaleo de pronto apareció la profesora de matemáticas y una de las monjas que vigilaban los diferentes cursos durante el recreo, las separaron y las llevaron al despacho de la directora.

Lógicamente María se exculpó diciendo que fue Candy quien empezó a pegarle y todo porque ella no se creía lo que decía, pues era una embustera. Ante esa afirmación la directora quiso saber cuál era el embuste, y María se lo explico con todo detalle.

Cuando terminó la hizo salir de su despacho, con el castigo de no salir a recreo durante una semana.

Candy seguía sentaba frente a la directora, tenía la sensación de menguar y la directora convertirse en un gigante, al igual que todo lo que la rodeaba. Estaba muy enfadada y a la vez avergonzada de que ahora ella supiera el motivo y la causa de la pelea.

Así que la directora Sor Herminia, se la miro muy seria y la regaño por la pelea, y también porque se inventara semejantes historias. Entonces Candy empezó a llorar, asegurándole que era cierto que ella veía un halo que rodeaba a Sor Teresa y que estaba segura de que era porque era una Santa, pues era muy buena.

Sor Herminia esbozo una sonrisa, no quiso reñirla más por este motivo, le aconsejo que estas cosas mejor no explicarlas a las compañeras, y que si volvía a ocurrir se lo dijera a ella, pero que debía castigarla por la pelea y que estaría un mes entero sin recreo y debería personarse en la biblioteca todas las tardes después de comer.

Candy cumplió su castigo y nunca más dijo nada, estuvo enfadada con Merche, pero con el tiempo ninguna de ellas parecía recordar el incidente y siguieron su amistad como siempre.

Pero… Candy se sonreía cada vez que Sor Teresa entraba en clase, sabía que tenía razón, pues ahí estaba siempre su halo de santa, ella seguía viéndolo, pese a lo que opinaran los demás.

Un resquicio de luz

Terminados los estudios, Candy tendría entonces unos 17 años, interesada por otros temas como la música y los misterios, llegó hasta ella una revista científica llamada "Enigmas" donde entre otros temas se hablaba de las "Auras".

Y cuando leyó el artículo su exclamación fue… ¡Yo vi una, era una Aura, yo tenía razón!...

"Y su mente vislumbró a una niña sentada en el aula, y a Sor Teresa rodeada con el halo de santa"

LOS OJOS

Ayer me abrace a mí misma.

Tú no estabas…

Precisaba el contacto de un cuerpo.

Sentir latir un corazón humano,

y sentirme viva…

Miraba al horizonte, allí donde el cielo y el mar se unen en profunda armonía.

Y lo sentí… Sentí que me miraban, me gire esperando ver a mi amado, pero no…

Unos ojos me observaban desde arriba, entre las nubes, con una mirada severa y profunda; como cuando era niña y mi padre, así me miraba porque había sido mala

Aterrada, me quede paralizada unos instantes, pero logré entrar en la casa, me era imposible moverme, lo que mis ojos veían… no podía ser real, debiera ser que alucinaba, me habría dado el sol demasiado en la cabeza.

Logue moverme y entre en casa, me tranquilice al rato, pero quería saber si yo estaba loca; fui a mirar por la ventana, y allí seguían esos ojos, aún más cercanos mirando la casa fijamente, mi racionalidad, me decía que aquello era posible que fuera un efecto óptico, pues no tenía lógica.

Fue un largo día… y al atardecer, aún aterrada, salí al porche para observar de nuevo esos ojos en el cielo que me observaban, suponía que no solo a mí, sino a la humanidad, no creía tener la exclusividad de esa mirada, que ahora ya no parecía severa, sino que con la luz macilenta en que aparecían las sombras, era aterradora.

No habían ya nubes y las estrellas empezaban a brillar, no había luna esa noche, pero si unos ojos que nos juzgaban, no era una mirada fija, los ojos se movían y parpadeaban.

Estaba sola en la casa de la playa, y sin nadie a quien acudir, esperando que llegara mi amado por la mañana, tal como me prometió. Y Aunque llamara a alguien, seguro que me tomaban por loca, hasta yo misma pensaba que así era, pensando que no podía ser real, pero ahí estaban…. Estaba agotada quería dormir pero no podía, cerraba los ojos y sentía como si su mirada atravesara la casa.

Esa noche rece y rece, baje todas las persianas de la casa y me tape la cabeza con una manta. Al fin logre dormirme, a ratos, pero dormí. El rugir de las olas me acunaba y me acompañaba. Por la mañana desperté agotada, pero viva.

Sonó el teléfono, era mi marido que me indicaba que ya había salido y estaba a medio camino para reunirse conmigo.

— ¿Todo bien..?, me preguntó

—Si cariño todo bien, solo que no tardes, tengo que contarte algo, una pesadilla que he tenido y aún tengo miedo, parecía tan real amor, así que no te demores.

En realidad, todo el día fue una pesadilla, se engañó asimisma, para estar más tranquila, pensaba de verdad que se había quedado dormida y todo lo había soñado, pero parecía tan real… Y es que no podía ser de otra forma.

Desayuno y arreglo un poco la casa y se preparó para cuando él llegara, abrió las persianas y dejo entrar ese sol tan esplendido que lucía y el rumor del mar de fondo.

Se sentó en el porche a leer tranquilamente y tomar el sol, era primavera y la temperatura era ideal.

Una ráfaga de aire, le hizo saltar el sombrero que llevaba para leer sin reflejos, y salió volando, se levantó y lo vio rodar por la arena, hacía la orilla. Y se fue tras él, no quería que se echase a perder, pues le gustaba mucho. Logro atraparlo se agacho y al levantarse para ponerse el sombrero, los vio nuevamente, estaban allí tras ella tan cerca que casi podrían tocarse con la mano, el tamaño era monumental. Se quedó petrificada en la arena.

Hoy la mirada era benevolente, y se vio reflejada en las pupilas, parecían pantallas de cine, de pronto aparecieron imágenes dolorosas, gente muriendo de hambre, guerras y matanzas horribles, desastres naturales, y también las sonrisas de niños y a gente feliz.

Carreteras con atascos, aviones volando, bellos parajes del mundo donde el hombre aún no había conseguido agredir la naturaleza. Y de pronto vio un coche accidentado…, lo reconoció inmediatamente, era el de su marido, y vio como estallaba en llamas. No pudo ya ver más, cayó fulminada en la arena, su corazón no pudo aguantar tanto dolor.

Los ojos fueron evaporándose en el aire quedando ella allí tendida y acariciada por las olas que ya no lograron despertarla.

MIRANDO AL ESPEJO

Miró al espejo, y tras él,...veo a una mujer, lejana en el tiempo, ignorante de lo que la vida le depara.

Es feliz a su manera, tiene a su alrededor a lo que más ama, su familia, todos sentados en una mesa, desde sus padres, ya muy ancianos, a sus hijos, y sus nietos uno de los mayores regalos que la vida le ha dado y de los que disfruta plenamente en la actualidad.

Nadie sabe si piensa en un mañana, vive el ahora y si en algún momento aparece esa sombra del futuro, la aparta como si fuera un mosquito y se olvida al momento.

Termino la celebración, risas y sonrisas y un... —Hasta pronto mama, hablamos esta semana.

—Abuelitaaaaa, un beso, le insiste uno de sus nietos encarecidamente.

Al final queda el silencio. Solo su esposo y sus padres a los que deben acompañar a su casa, viven en el mismo edificio en el piso de abajo, viven juntos desde hace años, pero no revueltos.

Aunque en la actualidad, debe estar totalmente pendiente de ellos, su madre aquejada de una apoplejía, tiene dificultad para casi todo, así, que ella lleva las dos casas. Su padre un hombre chapado a la antigua, que nunca ha sido capaz de hacer nada en la casa y se pasa el día en el sofá, o se va a la calle a pasear o al casal por la tarde a jugar sus partidas de dominó. Todo lo tiene cerca así que su hija sabe que estará bien, por lo menos no está siempre en casa dando el coñazo, Ya tiene bastante con atender a su madre.

Pasa el tiempo y el espejo se oscurece extrañada lo miro y veo dolor mucho dolor, el dolor lo empaña apenas veo un resquicio de lágrimas brotando de la mujer, tiene que ser fuerte, su madre la necesita.

Hoy por la tarde ha sonado el teléfono, llamaban del casal han llevado a su padre a urgencias, pues se ha desplomado en el local. Naturalmente sale como un rayo hacia el hospital, pero al llegar la informan de que su padre ha tenido un infarto masivo y no han podido hacer nada por él.

Su marido la consuela,… nena, piensa que por lo menos no ha sufrido… Lo peor será decírselo a tu madre…

Se oscurece del todo el cristal no veo más… el dolor es negro. Y el silencio es doloroso. Poco a poco el espejo se aclara, la vida sigue, se oyen risas de niños y a una abuela solicita que ríe con ellos.

MUJER DESNUDA

La sutileza de un momento, de un instante nos puede transportar y viajar en el tiempo…

Desnuda tras el baño matinal, asió la toalla y empezó a secarse. La suavidad de la toalla y el aroma tan familiar que percibió tras su baño, la transporto a su niñez literalmente pues estaba ahí, observando y sintiendo cuando su madre la secaba dulcemente con toallas esponjosas y suaves.

Percibía el aroma de jabón casero, con el que su madre en el lavadero del pueblo frotaba las toallas y luego quedaban tendidas sobre la hierba, al sol. — lo podía ver… estaba ahí—.

Sentía el calor de ese sol que cada mañana le acariciaba el rostro a través de la ventana y que la despertaba dulcemente, junto con los trinos de los pájaros que anidaban en los árboles bajo su ventana….

Y llega el instante del retorno de un efímero viaje en el tiempo que le aportaban sensaciones y recuerdos imborrables que nunca perdería.

Aunque ahora viviera en una ciudad ruidosa, en un bloque de cemento gris sin ninguna gracia. Y su casa fuese poco menos que una caja de cerillas, una habitación con cocina americana y un baño.

Un resquicio de luz

Como cambia la vida, ella que de joven quiso marchar a la gran ciudad…. Ahora daría lo que fuera por regresar al pueblo, pero ya nada y a nadie tiene allí.

En fin, mejor sería que terminara de arreglarse, debía ir a trabajar o aún llegaría tarde.

RECUERDOS OCULTOS

Recuerdos enmarañados en la mente de quien en su día fue una niña, y que pugnan por abrir paso y resurgir como si fuera ayer, de las sombras tenebrosas que los amparaban...

Recuerdo a los cuatro, esa tarde ahí sentados alrededor de la mesa, con los ojos cerrados rezando y rogando porque todo fuera bien...

Mary, abrió los ojos y vio a su primo que la miraba sonriendo y haciendo carotas, por lo que no pudo reprimir una risa nerviosa.

De pronto una mano le sacudió un solemne bofetón, y tras él una severa reprimenda de su abuela, sumamente enojada por la falta de respeto, gritándole que ya se veía que no le importaba nada la salud de su padre.

Ella sollozando intento replicar el motivo de sus risas..., pero ni siquiera dejó su abuela que se explicara y siguió con las oraciones. La tarde caía y la luz que apenas entraba por la ventana, se extinguía sumiendo al comedor en la penumbra.

Habían pasado varios días desde que ocurrió todo... Mary veía poco a su padre, siempre trabajando llegaba cansado y agotado y recordaba que durante varios días se quejó de un fuerte dolor de cabeza...

Aquella tarde fueron de visita para conocer a un recién nacido, ella fue encantada para conocer al bebe y también para jugar con los hermanos de este. No obstante ese día no estuvieron demasiado tiempo, y después de los halagos al bebe y entregar un regalo, salieron de regreso a casa.

Más ese retorno se convirtió en una pesadilla. De pronto su padre empezó a dar bandazos con el coche, estuvieron por chocar un par de veces, su madre asustaba repetía una y otra vez, ¿pero qué te pasa? Para, para, para el coche…, fueron minutos angustiosos.

Su padre detuvo el coche de mala manera, entre otros vehículos, apeándose de él y empezando a correr sin rumbo, su madre salió detrás de él, llamándolo y corriendo asustada, y Mary, se quedó allí en el coche, sola y sin saber que ocurría.

El tiempo transcurría lentamente para Mary, sola y aterrada en ese coche sin saber qué hacer ni a quién acudir pues solo contaba con 10 años, hasta que apareció su madre cogiendo a su padre por el brazo.

Su padre estaba sonriendo, sonreía de una forma muy extraña sin decir nada, no hablaba, y daba miedo. Su madre le dijo que cogiera las llaves del coche y lo cerrara, desconcertada obedeció y no se atrevió a decir nada. Lo siguiente fue parar un taxi y regresar a casa.

Las horas que sucedieron a esa tarde, fueron un ir y devenir de familiares por la casa, el teléfono echaba humo y el médico de la familia apareció por casa a altas horas de la noche, culminando su visita con una reunión familiar.

Mientras se reunían, Mary se acercó a la habitación para ver a su padre, estaba temblando tenía miedo. Él seguía igual con esa sonrisa tan extrañamente terrorífica, pero le hablo dulcemente, diciéndole que era muy buena y que siguiera así que él la recompensaría siempre en los cielos.

Mary solo entendía que ese no era su padre de siempre, que estaba muy raro, pero tampoco comprendía el porqué de todo ese jaleo que había en su casa, solo logro oír parte de una conversación en la que hablaban de lo que le pasaba a su padre y comentaban alterados que… ¡Si es que se cree que es Dios!

Cuando su tía la vio allí, con su padre, la aparto y la hizo salir de la habitación indicándole que papá estaba enfermo y que debía descansar y a ella la obligaron a ir a su habitación y acostarse.

La noche paso rauda para ella, pues como cualquier niña agotada por lo vivido en la tarde anterior, se sumió en un sueño reparador sin saber lo que el día siguiente le deparaba.

Su madre entró por la mañana para despertarla, tenía los ojos hinchados de tanto llorar y la cara desencajada, le dio el desayuno y le explico que hoy iba con papá al hospital y que ella se iba a casa de su tía por unos días.

Mary estaba asustada, pero su opción fue callar y no decir nada, así que se marchó con su tía sin preguntar.

Los nervios siguieron afectando a toda la familia, y durante unos días todo estaba vuelto del revés. Cada vez que preguntaba por su padre, le decían que estaba en el hospital y que le estaban curando, pidió ir a visitarlo, algo que le negaron, pues los médicos no permitían visitas.

Así fueron pasando los días, hasta esa tarde en que junto a su abuela paterna estaban orando para la curación de su padre, y recibió ese injusto bofetón, que hoy después de muchos años aún duele.

Pasaría un tiempo hasta que su padre pudiera regresar a casa, y con el paso de los días fue escuchando retazos de conversaciones que intentaban ocultar, como si todo fuera algo terrorífico o quizá vergonzoso y de lo que nadie tuviera que saber, ni siquiera su hija.

Así fue como oyó por primera vez las palabras "Hospital Freno patico","electrochocs", "amnesia" "esquizofrenia"... No entendía su significado pero supo que no era nada bueno.

La vida siguió adelante, su madre se puso a trabajar, pues necesitaban ingresos y ella volvió a la escuela, su vida se alternó entre estar con su madre o con alguna de sus tías, todo dependía del día, nunca sabía nada, a ella la ignoraban totalmente y ni se molestaban en explicárselo, ¿para qué? Solo era una niña.

Pasaron los meses y su padre regreso a casa, en un principio, aún estaba en tratamiento y ni siquiera salía a trabajar ni se preocupaba por ello. Su madre seguía aterrada, preocupada porque nada alterara a su marido y volviera a ser quien fue.

Solo hasta que al final les indicaron un nuevo médico al que acudieron, y al cambiarle la medicación pareció que su padre volviera a ser él. Aunque con secuelas que arrastro siempre.

El temor a una recaída vivió alojada en el hogar y en el alma de todos, sobre todo de la madre de Mary, ya que en cada ataque de epilepsia (secuela que le dejo el tratamiento de electrochocs) acusaba a su hija de provocar estos ataques, a causa de haber puesto nervioso a su padre… Un peso demasiado grande para soportar durante tantos años…

Por ello Mary, sintió que perdió algo ese día, algo que la marco para siempre, su inocencia y su niñez, pues quedo aparcada en ese coche, perdida en las calles de su gran ciudad, escondida, agazapada, esperando que todo pasase para volver a salir al mundo, sin nada que temer.

Un resquicio de luz

RUTINA

Cada mes era lo mismo, llegaba a casa de Doña Candela, la hacían pasar a la salita donde después las dos tomaban un delicioso té con pastas.

Charlaban de las novedades que habían ocurrido en la ciudad, de los dimes y diretes que les llegaban muchas veces a través de la servidumbre; y bueno, por supuesto era Doña Candela quien llevaba la voz cantante, Romualda, la pobre se limitaba a hacer algún que otro comentario si es que sabía algo del tema, o simplemente afirmaciones, exclamaciones, sorpresa, o si acaso una pregunta reiterativa sobre lo que acaba de oír.

Romualda sabia después de más de 15 años, que era mejor no llevar la contraria y reírle las gracias a la Dama, y dejarla hablar pues la hacía sentirse bien. Sentía simpatía y cariño y a la vez un poco de pena, por ella, pues estaba tremendamente sola, desde que enviudó hacía ya muchos años y no tenía familia.

Para Doña Candela, la visita de Romualda, era un día muy especial, podía charlar de ella y se sentía acompañada, lo penoso es que solo duraba un par de horas al mes. Luego como siempre ella se refugiaba en sus lecturas o en su jardín, el cual lucía esplendorosamente lleno de grandes variedades florales. El amor que ella podía entregar, lo depositaba en ese jardín. Ya no salía de la casa nunca y simplemente estaba acompañada por un reducido servicio, como una cocinera y una doncella, no se podía permitir mucho más.

Romualda empezó a frecuentar la casa y conoció a doña Candela, cuando entro a trabajar en el bufete de abogados Wilson y asociados, anteriormente trabajaba solo con uno de ellos, en un sencillo despacho, pero luego entro a formar parte de la plantilla del bufete, para ella fue una importante mejora social y salarial, y estaba satisfecha y feliz de su trabajo. No era una mujer joven, ya tenía más de 50 años, y nunca se casó, tuvo sus pretendientes en su día, pero tras un fuerte desengaño, el amor no volvió a llamar a su puerta.

Cada mes, uno de los asociados, le entregaba un paquete con un envoltorio rojo para que se lo entregara a Doña Candelaria en propia mano. Al principio entrego el paquete a la dama, y simplemente se presentó y cruzaron unas palabras, y ya ese día, la invitó a tomar un té, y ella se sintió cohibida y declino la invitación alegando que debía efectuar otro encargo y tenía prisa.

Pero ya en las siguientes entregas, se le indico expresamente que se quedara con la dama todo el tiempo que ella lo requiriera, pues era una importante cliente. Por ese motivo Romualda, supo que la dama se había quejado o pedido expresamente que la libraran de otras tareas para que estuviera a su disposición.

Así pues, a partir de ese día ya siempre se quedaba con ella a tomar el té y charlar, por lo que poco a poco fue conociendo a Doña Candela, supo de su vida y de tenía más de 70 años y le cogió mucho cariño. Romualda, nunca supo lo que el paquete contenía, suponía por su trabajo en el bufete que quizá fuera una entrega de dinero en efectivo de su cuenta para pasar el mes, pues ellos gestionaban muchos fideicomisos. Pero sólo era una suposición ya que la dama jamás abrió el paquete en su presencia.

Así pues, ella misma ya esperaba con ansia ese día para pasar un rato con Doña Candela, y aunque se tenían confianza, ella no le pidió jamás que la tuteara. Esa visita rutinaria mensual se había vuelto imprescindible para ambas.

Llegó como cada mes el día marcado para la entrega y Romualda, se afano en terminar el trabajo lo antes posible, para así ir lo antes posible a ver a Doña Candela con el paquete que le habían entregado esa mañana.

Cuando llegó al domicilio, vio un coche parado justo delante de la puerta, y se extrañó, pues sabía de sobras que ella no acostumbraba a recibir visitas. Llamó y la abrió la doncella con la cara compungida y llorosa. Le indico que había llamado al doctor, porque la Sra. se sintió indispuesta después de comer y estaba muy asustada, pues hasta perdió el conocimiento, el doctor ha venido de inmediato, ahora esta con ella.

Por supuesto Romualda se quedó en la casa pendiente de lo que aconteciera y esperando que todo hubiera sido un susto y que la doncella exageraba. Pero no había pasado ni 10 minutos desde su llegada, en que el doctor bajo, e informó que Doña Candela, había fallecido, por lo visto de una apoplejía. Viendo que ni la Cocinera ni la doncella podían hacerse cargo de la situación Romualda, se hizo cargo de todo, junto con el doctor, para los trámites legales del sepelio y de comunicar en este caso al bufete el fallecimiento de su clienta.

Lógicamente se preparó a la difunta y se hizo el velatorio al que acudieron algunos vecinos y conocidos, disponiéndose el sepelio, para el día siguiente en la parroquia cercana que le pertenecía. Y por parte del bufete se hicieron todos los trámites legales pertinentes en función a lo indicado por la difunta para tal ocasión

Al sepelio en sí, acudieron muy pocas personas, no llegarían a una docena y Romualda, pensó que era muy triste, que una persona tan encantadora como Doña Candela, tuviera tan poca compañía en su partida.

A Romualda se le encargo desde el bufete, que gestionara todo lo concerniente al servicio, y revisara las pertenencias de la difunta, y las catalogara, hiciera inventario y se levantara acta del mismo, antes de que el testamento de la difunta fuera abierto por el notario, para que todo estuviera en orden pues al no tener familia, era el bufete quien debía hacerse cargo de todo ello.

Así pues paso unos días muy atareados y a la vez tristes, pues le hubiera sido mucho más liviano si no conociera a la difunta, ya que realmente sentía su muerte.

Al ordenar sus cosas, Romualda, encontró dentro de un arcón que había en una habitación, todos los paquetes rojos que ella le fue llevando durante esos 15 años y muchos más, así pues, pudo constatar que no era dinero lo que le entregaba mes a mes, sino, que su difunto marido, dejo escritas decenas de cartas de amor para que le fueran entregadas un día determinado del mes, en una caja llena de pétalos de rosas .Y que ella atesoraba con todo el amor que sentía y que perduro en el tiempo, aunque él no estuviera a su lado.

En ese momento Romualda sentía envidia y alegría a la vez. Envidia, porque ella sabía que nunca viviría una historia semejante de amor y alegría por saber que en realidad no estaba tan sola Doña Candela. Que su marido la acompañó hasta sus últimos momentos.

Pasados unos día, y tras la ardua tarea de inventariar todos los bienes de la difunta, llegó el momento de que el Notario hiciera lectura del testamento, Se avisó a la cocinera y a la doncella y al jardinero que en ocasiones la ayudaba, así como al capellán de la parroquia de la que era asidua la difunta. Romualda, también acudió a la lectura, junto al abogado que gestionaba todos los bienes.

Se hizo lectura del citado testamento, y se fueron leyendo las partes beneficiadas con otorgación de legado, por un importe X, Por supuesto la cocinera se fue feliz, al igual que la doncella y el jardinero. El capellán no tanto, pues debió pensar que el resto de los bienes de la difunta al no tener familia serian donados a la iglesia, pero no fue así,

La beneficiada realmente por ese testamento fue Romualda, ya que Doña Carmela le dejo todos sus bienes que en realidad eran muchos, todo lo contrario que siempre pensó ella. Se quedó pasmada, al igual que su jefe

Con lo que Doña Carmela, agradeció, con creces esa visita rutinaria que cada mes se cumplía con la puntualidad de un reloj. Romualda, ya no preciso trabajar más pues podía vivir de sus rentas perfectamente el resto de sus días. Y siempre agradeció a Doña Carmela esa dicha de la que ahora disfrutaba cuidando de su jardín al igual que ella, con mucho amor.

Un resquicio de luz

SUEÑO CUMPLIDO

Años hacía que soñaba con partir. Toda la vida pude observar y oír desde la ventana de mi habitación, los trenes parar en la estación que tan cerca estaba de nuestra casa.

Observaba a quienes subían y bajaban de ellos, a muchos los conocía, eran vecinos del pueblo que iban a visitar familiares, o a gestionar negocios…. Otros estaban de paso, y eso hacia crecer mi imaginación, inventando historias en torno a ellos.

Las ventanillas del tren no siempre dejaban ver quien estaba tras ellas, cristales sucios y empañados en invierno, alguna ventanilla medio bajada en verano que solo dejaban percibir alguna coronilla. Siempre había, pero, quien tras frotar esos cristales se pegaba al cristal para ver la estación en que habían parado.

Miles de días y horas observando, todo un mundo de idas y venidas, de vidas cruzadas, misteriosas y enigmáticas, para una niña cuyo sueño, era montar un día en ese tren e ir a visitar distintas ciudades y conocer el mundo.

Los años pasaron acompañados con el ruido monótono de los trenes, horarios que ya me conocía de memoria y sueños que fueron creciendo como yo.

Una vida difícil sin muchas salidas hacia un futuro mejor, en un pueblo de comarca. Llegó el momento y dejando a la familia apenada decidí irme de un lugar en que no había lugar para mí, y que me quedaba pequeño.

De madrugada asida la maleta con mis pocas pertenencias, y con un frio helador, me senté en el banco esperando al tren de las siete. El tren llego, y subí a él con dolor por dejar a mis padres, e ilusión y temor por esa nueva vida que emprendía.

El tren fue arrancando lentamente, y lance una última mirada a mi casa, tras la ventana estaban mis padres mirando como partía. Una lágrima asomo en mis ojos, pero era de alegría, porque al fin mi sueño se cumplía.

UN PRINCIPE ENCANTADO Y UNA BELLA FLOR-

*Un príncipe encantado
en el bosque perdido.
Y la más bella flor
que jamás existió.
Forman la historia
que os voy a contar.*

Como en todo cuento que empieza…

Había una vez un joven y bondadoso príncipe llamado Ramiro, que era la alegría de sus padres y de los súbditos de su reino.

Nadie que lo conociera dijera que era un príncipe, pues como tal no se comportaba, siempre estaba ayudando a los aldeanos y si alguno estaba enfermo y era necesario, les trabajaba el campo sin ningún tipo de problema.

Ayudaba a ancianos, a necesitados, nadie en su reino sabía lo que era el mal vivir ni la pobreza.

Los niños le adoraban, muchas veces incluso se quedaba a cenar en cualquiera de las casas que le invitaran. Él era feliz y los súbditos también

95

Su padre el Rey, jamás se interpuso en la vida y el buen hacer de su hijo. De pronto en todo el territorio empezaron a surgir problemas, pues en poco tiempo los saqueos de hordas de hombres a caballo, asolaron granjas destrozaron pueblos y empezaron a matar a sus gentes.

El rey Alejandro envío sus tropas para proteger a su pueblo, pero no siempre llegaban a tiempo, sobre todo en las zonas fronterizas con el reino vecino. Donde reinaba su enemigo eterno Gorzar, quien era temido por varios reinos pues su crueldad no tenía límites y los usos de magia para conseguir sus fines eran inagotables

Ramiro, hubo de dejar su vida tranquila y placentera junto a su pueblo para pasar a defenderlos junto a sus leales hombres, el también patrullaba las zonas para intentar frenar las incursiones de los bandidos. Solo en un par de ocasiones detuvieron el avance tras una feroz lucha y perdiendo varios hombres en la gesta.

El rey Alejandro opto por enviar a un emisario al rey Gorzar, para poder conjuntamente erradicar a estos bandidos, y además averiguar si él también estaba siendo afectado por los ataques de estos salvajes, porque en realidad eso eran. No tenían piedad.

El emisario no regreso y temiendo que los bandidos lo hubieran atacado, envío una patrulla y al frente de ella iba Ramiro.

Tras unos días de camino llegaron al palacio de Gorzar, y solicitaron ver al rey. Se les atendió con todos los honores, pues les reconocieron de inmediato por los escudos reales y la misiva que portaban.

Al día siguiente Ramiro se entrevistó con el rey y le entrego la misiva de su padre. La leyó silenciosamente y su respuesta fue tajante, no les iba a ayudar, que se espabilaran con su problema. Él no tenía la culpa, si a través de las montañas cruzaban tribus nómadas de otros reinos y en sus tierras no ocurría nada.

Ramiro empezó a sospechar que realmente lo que pasaba es que el rey permitía esas incursiones mientras le pagaran y dieran beneficios de todo lo que pudieran llegar a tomar.

No dijo nada al respecto, por supuesto, pues no había ninguna prueba sobre ello. Fue invitado a quedarse unos días en el castillo y así lo hizo, pensando en que quizá pudiera obtener alguna prueba.

Lo que desconocía Ramiro era que Gorzar tenía una hermosa hija y que había desaparecido hacía ya un tiempo, y nadie sabía de ella.

Le llego la información charlando con los habitantes del palacio, y tratándolos de igual a igual, algo que él sabía hacer muy bien, pues surgía con total naturalidad

Se creía que había huido de palacio, pues odiaba a su padre porque llevo a su madre a la muerte, ya que era tan infeliz por la vileza de su esposo, que se quitó la vida. Ella nunca se lo perdono. Se llamaba Minerva.

Pasados unos días decidió quedarse un tiempo más, envió al resto de la tropa de regreso y solo quedo con él su más fiel amigo. Estaba seguro que Gorzar estaba detrás de las incursiones y debía obtener pruebas.

Así fue como un día desde sus aposentos, vio llegar un tropel de jinetes bárbaros y cuyo mandatario, paso a palacio, como si estuviera en su casa. Rápidamente intentó acercarse a la zona Sureste del palacio donde el rey tenía su sala de audiencias, y logro llegar a través de otros camino no convencionales, pues en el tiempo que estuvo en palacio se granjeo la amistad de diversos sirvientes, que le facilitaron el paso por pasadizos secretos del castillo.

Cuando llego a la sala y tras la puerta escondida por un enorme crespón, entorno la misma y escucho lo que ya se temía. El rey en realidad no es que les permitiera el paso a través de las montañas, sino que les pagaba por ello.

Estaba intentando debilitar el reino, para así cuando llegara el momento oportuno atacar y quedarse con él, utilizando todos los medios a su alcance

Ramiro palideció y quedo tan perplejo al escuchar todos y cada uno de sus planes, que regresó hacia sus aposentos, sin percibir que dejo muestras de que alguien estuvo allí, pues la puerta quedo abierta. Y en el rato el crespón se removió con el aire que recorrió el pasadizo al salir por el otro extremo del mismo Ramiro

Se apresuró a empaquetar sus pertenencias para partir lo más pronto posible hacia su reino, debía advertir a su padre de lo que estaba ocurriendo. De pronto en sus aposentos aparecieron soldados armados que tras apresarle le llevaron delante del rey.

Con una sonrisa de satisfacción en su cara, miró detenidamente a Ramiro, antes de romper a reír con gran estruendo.

Ramiro le miraba furioso intentando zafarse de sus ligaduras y teniendo solo en la cabeza la manera de escapar a ese tirano. Sentía que había sido un imprudente y debería haber regresado ya con su padre, y así estar allí cuando llegara el momento.

No entendía no obstante como lo habían descubierto.

Gorzar, al final dejo de reír y dirigiéndose a Ramiro, le dijo.

— ¡Pensabas que soy tan estúpido como para no saber que tu estancia en mi palacio, no era otra cosa que el querer espiarme y conspirar contra mí!

—Solo que hoy has cometido un error que no podía dejar pasar, has llegado por los pasadizos hasta mi estancia, pero eres tan sumamente ingenuo que te has dejado la puerta abierta. Ja, ja, ja, ja.

Sus risas eran ensordecedoras y retumbaban en la cabeza de Ramiro como martillos.

Pensaba que sí, que realmente fue estúpido lo de la puerta, pero ahora debía intentar salir de allí, Su mente solo pensaba en ello, ¡Escapar!

— Vas a pagar cara tu osadía. Si has llegado hasta aquí ya sabes mis planes, así que ahora me obligaras a adelantarlos, pero es igual, estoy preparado para ello.

— Jamás volverás a tu patria, ni vivo ni muerto ¡Jamás!

Con un gesto sus soldados se llevaron a Ramiro a las mazmorras, donde le encadenaron totalmente imposibilitándole cualquier medio de huida.

Pasaron los días y apenas le daban agua para subsistir, por lo que realmente estaba muy débil.

Junto a él, estaba su leal amigo, que también fue tomado preso, pero Romualdo no tenía tanta suerte, a él ni agua le daban, y cierto día vinieron a buscarlo, solo pudo oír sus gritos agonizantes desde la celda, duraron horas, luego el silencio fue total.

Solo pensaba en su padre y en su pueblo, no sabía si habían empezado los ataques ni lo que su padre podría haber hecho al no recibir noticias suyas.

Cierto día Gorzar apareció en la mazmorra, total mente satisfecho y pregonando bien alto que su padre le había entregado el reino a cambio de su vida y que aceptaba partir para no volver jamás

    — ¡Que ingenuo! Jajaja no entiende que no volverás con él. Hemos concertado un encuentro en el bosque de Robles mañana al atardecer. Así que mañana verás a tu señor padre. Jajaja

Ramiro estaba furioso, como su padre podía haber renunciado al trono y a su reino por él sin plantar lucha. No lo entendía en absoluto.

Al día siguiente partieron hacia el bosque, Gorzar acompañado de sus leales guerreros Y Mortiz el hechicero que le acompañaba a todas horas, y por supuesto Ramiro fuertemente atado y llevado en un carromato.

Llegaron al punto de encuentro, allí estaba el rey Alejandro acompañado solamente por un par de escuderos y sirvientes más un carruaje lleno de equipaje.

Así pues, el solo esperaba llevarse a su hijo y partir bien lejos, la vida de su hijo era lo primero. Luego ya intentaría buscar alianzas para reconquistar su trono.

Ramiro estaba enojado y miró a su padre con rabia contenida. Este por el contrario deseaba abrazarlo inmediatamente pero se contuvo. No quiso dar a Gorzar el placer de ver tal escena.

Gorzar se apeó de su montura y se acercó al rey Alejandro diciéndole.

— Veo que has cumplido tu promesa de venir solo sin soldados, y que llevas tu equipaje para partir.

— Como ves, yo también cumplo mi palabra te dije que hoy verías a tu hijo y que respetaría su vida. Jajaja.

Sus temidas risas volvieron a atronar en el bosque, y eso no presagiaba nada bueno, Ramiro lo sabía y temía.

— Pues bien aquí le tienes, pero no vendrá contigo, no le voy a dar la oportunidad de que en el futuro, pueda buscar alianzas y buscar mi derrota. Lo sé, pues yo haría lo mismo.

— Así que se va a quedar aquí mismo, y para siempre.

Inmediatamente los soldados rodearon al rey Alejandro, y otros bajaron a Ramiro de la carreta y tanto Gorzar como Mortiz, empezaron a utilizar todo el poder de la magia, recitando al unísono un conjuro en una lengua que Ramiro nunca había oído.

De pronto de sus pies empezaron a surgir raíces, sus piernas entumecidas dejaron de ser piernas para ir adquiriendo la forma de un tronco siguiendo por su cuerpo y de su cabeza empezaron a surgir enormes ramas llenas de hojas, se estaba convirtiendo en un árbol, en un Roble, uno más de los que formaban ese gran bosque. En minutos Ramiro como ser humano dejo de existir y paso a ser parte de la naturaleza.

El rey Alejandro estaba horrorizado al igual que sus lacayos y sirvientes y solo gritaba y apenas podía murmurar ¡No, no, no puede ser cierto!

Gorzar se dirigió a Alejandro, y le dijo:

— Ahora ya puedes partir, tu hijo vivirá mientras este árbol este en pie, si vuelves o intentas recuperar tu reino, este Roble será talado.

Así pues el rey Alejandro partió abatido y llorando por no haber sabido salvar a su hijo de las garras de Gorzar y avergonzado, por dar prioridad a su hijo antes que a su pueblo.

El bosque quedo solitario, y con un nuevo habitante, un habitante que pese a ser un árbol, sentía.

Sentía como le azotaba el viento, como la lluvia le refrescaba, y los rayos de sol le acariciaban. También sentía como los pájaros anidaban en sus ramas que él intentaba hacer más gruesas para que sus nidos pudieran asentarse mejor.

Las ardillas trepaban por él y le hacían cosquillas, cada vez era más feliz, disfrutaba de su amiga la naturaleza. Al poco tiempo percibió todo su entorno y le sorprendió ver tantas flores en el bosque, pese a que en muchos rincones la luz del sol quedaba oscurecida por la frondosidad de los árboles.

Cerca de él, crecía un arbusto con una extraña flor que él no había visto jamás.

Era espectacular, totalmente blanca y resplandecía en todo momento, parecía que bailaba a los son del viento. Y en ocasiones tenía la sensación que incluso sin que el aire la meciera bailaba para él. Por la noche su brillo se apagaba como una vela y la oscuridad les envolvía a ambos, solo en noches de luna llena, cuando un resquicio de luz se filtraba entre las ramas la veía relucir e incluso parecía que creciera y tomara baños de luna.

Y el tiempo transcurría, y los años pasaban y el…

Solo esperaba el amanecer para volver a verla, pues jamás se marchitaba. Cierto día le pareció oír un murmullo como una canción dulce y melodiosa, no percibía por más que lo intentaba, saber de dónde llegaba, buscaba en la lejanía, pero era a sus pies que sonaba.

Blanca, como así la llamo le estaba cantando, ahora estaba seguro de que el amor que por ella sentía, era correspondido, pero como podía él amar a una flor.

Él era un Roble, ya que de su vida humana apenas recordaba nada. Así que cada día se esforzaba para que sus raíces le llevaran hasta su flor amada.

Pasaron meses, el invierno les cubrió con un blanco manto, y él extendió sus ramas para protegerla del frío y de las heladas. Cada vez como por arte de magia estaban más cerca y ella seguía cantando y bailando para él.

Y llegó la primavera y las nieves se fundieron y aquel amor creció y tan grande era, que todos los animales del bosque acudían a sus pies, solo por verlos juntos.

Pues lo habían conseguido y uno junto al otro se acariciaban. Los pétalos de terciopelo se apretaban con dulzura al tronco y él bajaba sus ramas y con las hojas la rozaba suavemente.

Un día de pronto se formó una tormenta muy violenta, los animales corrían despavoridos buscando refugio. El viento arreciaba feroz, arrancando plantas y rompiendo las ramas de los árboles, los riachuelos se convirtieron en feroces ríos arrasando todo a su paso, los truenos ensordecían y los relámpagos no tenían piedad.

Un Rayo les partió el alma, si, cayó sobre el Roble partiéndolo en dos y quemando todo lo que encontró en su camino. Tras él rayo, de pronto la tormenta amainó, y salió un hermoso sol que acarició de nuevo el frondoso bosque.

Los animales uno a uno fueron saliendo y pronto corrió la voz de que un rayo había caído y partido a los amantes.

Cuando los animales llegaron allí, aun se apreciaba una columna humeante que salía del árbol. Todos se miraron con tristeza. Pero en el claro que dejo la maleza quemada, había dos cuerpos abrazados con dulzura y que reían alegremente.

Ramiro estaba vivo, ya no era un Roble y la Flor Blanca, no era otra que Minerva, la hija desaparecida de Gorzal, pero se amaban, y ya nada importaba.

Y miraron a sus amigos los animales, los testigos mudos de su amor y les mostraron una gran sonrisa.

Los animales comprendieron que eran ellos los amantes, y alborozados trinaban los pájaros, las ardillas saltaban sin parar, ciervos, conejos, todos, todos sin excepción. Celebraron ese amor.

Y aquí acaba esta historia de Príncipes y princesas encantados, donde al final el gran triunfador fue el amor.

Y os preguntareis,… ¿Volvió Ramiro a conquistar su reino, y derroto a Gorzal?

Pues amigos, he decidido que cada uno de vosotros le ponga un final provisional.

Mientras, yo intentare seguir los pasos de los príncipes para relataros el resto de la historia.

Y COLORIN COLORADO

ESTE CUENTO SE HA ACABADO

Un resquicio de luz

UN RESQUICIO DE LUZ.

Capítulo I

Entraba un resquicio de luz a través de una esquina, Mik lo miraba sin pestañear, las partículas de polvo danzaban en la luz y esta giraba y oscilaba como si alguien la manipulara.

Su mundo era la oscuridad, como el de todos, donde se sentían a salvo y tenían su hogar.

Esa luz le fascinaba y muchas veces se escapaba para disfrutar de ella, nadie más sabia, de su existencia.

El laberinto de túneles donde habitaban era inmenso ningún otro habitante de la oscuridad lo conocía totalmente, siempre estaban descubriendo nuevas rutas y no todos podían ir por ellas. Solo unos privilegiados.

Mik, no conocía nada más, desde que recordaba había vivido allí. Se cuidaban unos a otros, no preguntaban ni se cuestionaban nada. Pero él sí era curioso, por ello siempre que podía se acercaba a la luz y dejaba que le acariciara, jugando con ella.

Cuando la descubrió en realidad le aterrorizo, desconocía lo que era, y ni si le podía hacer daño. La observo pacientemente una y otra vez, y en sus caricias sintió calor, un calor que solo sentía cuando se remojaban en las aguas subterráneas humeantes.

Mik como todos, tenía obligaciones que cumplir, debían estar unidos para poder cazar y recolectar alimentos. Él se encargaba de cazar los gusanos que vivían en pozos situados en profundas simas, así como otros insectos u animales extraños, otros recolectaban el liquen que la humedad hacia crecer abundantemente por todas partes y las raíces y otros vegetales que esporádicamente crecían en algún rincón.

Vivian bien, no les faltaba alimento, y también gozaban de diversión y juegos hasta que el cansancio les vencía.

Daka y Xaky eran sus mejores amigos, lo compartían todo, comida, juegos, risas y emociones. Pero no les había contado nada de su descubrimiento, era su secreto y su tesoro, un tesoro oculto y lleno de misterio. Se lo contaré dentro de un tiempo, pensaba. Pero se sentía culpable por no compartir con ellos tanta belleza.

Pasó el tiempo, aunque para Mik y el resto de los habitantes de la oscuridad, ese concepto no tenía ningún sentido, no existía. Vivian el día a día uno tras otro con monotonía, siempre estaban ahí no cambiaba nada, solo de vez en cuando desaparecían unos cuantos de ellos, pero siempre había de nuevos. Ni siquiera se sorprendían de ello, pues formaba parte de su vida.

Lo único distinto era que en ocasiones el suelo temblaba y algunos de los túneles quedaban destruidos por derrumbes, pero había tantos que no importaba, los había ascendentes y otros iban hacia abajo y cientos de simas entre ellos, y si era necesario abrían paso nuevamente sacando las piedras y tierra que se acumulaba tras cada temblor.

No sabían que los producía, y los más viejos decían que eran avisos del submundo para que no fueran por los túneles prohibidos, pues quien se había adentrado en ellos no volvía.

Desde hacía ya un tiempo, los temblores empezaron a ser más frecuentes y todos vivían con temor. Empezaron a reunirse para hablar de lo que ocurría y buscar cual era el motivo que producía las vibraciones.

Si hasta ese momento los habitantes de la oscuridad habían vivido en su mundo desde que ellos recordasen, sin ningún tipo de problemas y con todas sus necesidades cubiertas, ahora el temor a lo desconocido provocaba el que se cuestionasen si no debían marchar a otro lugar y se preguntaban… ¿hacia dónde ir?, pues desconocían que hubiera la posibilidad de otro lugar en el que refugiarse.

Solo los túneles prohibidos podrían ser su posible salida, pero nadie que se aventuró por ellos, volvió.

Mik empezó a escabullirse cada vez más habitualmente hacia su rincón de luz, ya no era por la fascinación que le producía, sino porque pensaba que quizá debían marchar y no volvería a poder disfrutar de su tesoro nuevamente. Y desde las últimas escapadas, tenía la sensación de que "eso" como él lo llamaba era más grande cada vez

Capitulo II

Dudaba en si debiera contar su descubrimiento, pues quizá aquello tan extraño fuera una posible solución a sus temores. Al final decidió que primero se lo contaría a sus amigos y se lo enseñaría, para que ellos le ayudaran a decidir.

Fue a buscar a Daka y Xaky...

—...Os voy a enseñar una cosa, pero debéis guardar silencio sobre ello, quiero que me sigáis y luego ya hablaremos.

—.De acuerdo, pero donde nos llevas Mik?

— ¡Shiiiiiiii! Callad – esa fue su respuesta-

Los llevó a través de varios túneles por los que no habían pasado nunca, desconocían esa zona y empezaban a sentir curiosidad, se entrecruzaban miradas cómplices de travesuras y risas calladas. Llegaron a su destino y solo girar la esquina, vieron "Eso". Instintivamente volvieron atrás terriblemente asustados, en cambio Mik siguió adelante sin miedo y se puso bajo la luz que penetraba por el resquicio de la roca dejándose acariciar por ella.

Daka y Xaky asomaron su cabeza por la esquina con prudencia y no podían creer lo que veían, y pensaron que Mik era muy valiente, pero temían por él. Mik les llamo para intentar calmarlos, diciéndoles que no ocurría nada que "Eso" no hacía daño que ya llevaba tiempo observándolo y tocándolo y que además era caliente como cuando se mojaban en los pozos.

Muy despacio sus amigos fueron acercándose temerosos pero curiosos, estaban fascinados al igual que él, y pudieron notar la sensación que producía el calor que desprendía y todo el miedo contenido exploto en un ensordecedor mundo de risas que los muchachos liberaron.

Poco a poco se fueron calmando, y Mik les explico que hacía tiempo lo había descubierto y que tuvo miedo igual que ellos, pero que era su rincón favorito y que sentía no haberles contado nada. Pero que creía que "Eso" la luz, estaba creciendo tras los temblores y como decían que partirían a otro lugar, pues los túneles no eran seguros, quería que ellos lo vieran y que opinaran sobre que les parecía si debía decirlo a los demás.

Igual servía para algo y podía solucionar los temblores. Sus amigos se quedaron mirando la esquina desde donde emanaba esa luz y estaban pensativos, realmente era todo muy sorprendente y no sabían que pensar.

De pronto uno de los habituales temblores volvió a empezar, se apoyaron en las paredes del túnel con el miedo a que cayeran rocas y les cerrara el paso de regreso.

Sorprendentemente, no cayó ninguna solo un poco de tierra y de pronto la pequeña grieta a través de la cual entraba la luz, se abrió a lo ancho como si la hubieran cortado de un tajo.

De golpe, la luz que entro en el túnel se volvió cegadora, obligándoles a cerrar sus ojos, y aterrados echaron a correr de regreso los tres juntos, estaban cegados y apenas veían por donde iban.

Un resquicio de luz

Tras una buena carrera, pararon resoplando con el corazón atenazado por el miedo y descansaron un buen rato, el silencio era total, nadie se atrevía a hablar, al final los tres siguieron camino hacia su casa, estaban cansados y se acostaron.

Mik fue el primero en despertar de su agitado sueño. Había soñado que la luz lo engullía pero no le ocurría nada, no tenía miedo sino que siguió el camino que tras ella aparecía donde la luz todavía era más cegadora, pero al final del camino descubrió plantas con raíces de colores y una cascada de agua que no estaba caliente sino fría, se despertó al sentir el agua en su mano.

Todo había sido un sueño, pero tan real que pensó que la luz le hablaba en sueños y le llamaba.

Daka y Xaky estaban charlando animadamente, en sus ojos violetas se podía ver una expresión de euforia y temor a la vez, llamaron a Mik que se acercó rápidamente a ellos pues debían hablar de lo sucedido en el túnel.

Le explicaron el sueño que habían tenido los dos, y Mik no salía de su asombro, pues era muy parecido al suyo. Los tres decidieron que antes de explicar el secreto de "Eso" a los demás debían explorar el sitio y ver si realmente podía ser un túnel de salida para todos.

Capitulo III

Y nuevamente se encaminaron hacia el lugar, al acercarse ya vieron de bastante lejos un reflejo de luz que llegaba hasta ellos, lo único que les preocupaba era que "Eso" no les cegase como ayer ocurrió. Se acercaron despacio y ya en la esquina intentaron ir habituándose a esa luz que les llegaba tan claramente. Se les ocurrió protegerse los ojos poniéndose las hojas que habitualmente usaban para cazar los gusanos, ya que estos para escapar a su captura lanzaban por la cola un líquido apestoso e irritante que si les tocaba los ojos escocían mucho.

Y funcionó, pues con las hojas no les molestaba tanto esa luz y decidieron seguir adelante con el plan, que consistía simplemente en adentrarse por la obertura y seguir por ella para ver hacia donde les llevaba.

Primero entro Mik, seguido de Daka y Xaky, la abertura en la roca, era un poco más ancha que ayer y pasaban perfectamente por ella, miraron hacia arriba pero en realidad no había más que roca, así pues se trataba de un túnel, al igual que cientos de los que había en la oscuridad, pero este tenía luz.

Anduvieron un buen trecho y poco a poco notaron como se iba ensanchando todo el espacio que les rodeaba y la luz cada vez era más intensa. Desde lejos pudieron observar las plantas de su sueño y eso les animó a seguir adelante con nerviosismo por saber que les esperaba al final.

Lo que vieron no les asustó en absoluto, al contrario estaban fascinados, pudieron observar miles de plantas de diferentes colores, una cascada de agua que estaba muy cerca de la salida del túnel y que rugía en su caída hacia un río. Un río como los que tenían en la oscuridad, pero este era de un verde intenso, que serpenteaba entre las plantas altas que había hasta donde ellos alcanzaban a divisar.

Levantaron la cabeza y pudieron observar de donde venía esa luz, había un disco luminoso allí arriba colgado y grandes manchas blancas en ese espacio infinito que no tenía fin. Notaron una fuerte brisa como la que en ocasiones corría por los túneles y vieron pasar sobre ellos un animal sobre el aire, no sabían lo que era pero era muy hermoso.

Miraran donde miraran, solo descubrían una cosa tras otra, un mundo nuevo que les ofrecía la oportunidad de escapar de los derrumbes.

Daka señaló unas enormes montañas de piedra a lo lejos que tenían agujeros y otras en forma de pico y cientos de plantas que estaban sobre ellas... había miles..., cerca de donde estaban ellos a su derecha, pudieron divisar unas piedras grandes con símbolos extraños y colores, se dirigieron hacia allí y vieron con sorpresa tras apartar las plantas que lo cubrían, a un ser parecido a ellos, era igual, llevaba otras vestimentas muy raras, tenía el pelo como ellos aunque oscuro, ellos lo tenían blanco, y sus ojos eran oscuros también, no como los suyos de color violeta. Estaba dibujado, al igual que ellos dibujaban en los túneles para divertirse.

No entendían, como era posible que alguien dibujara ese ser, si solo ellos estaban en la oscuridad, no había nadie más que ellos, quizá lo habrían hecho los que pasaron por los túneles prohibidos.

Debían volver y explicar a los demás lo que habían descubierto, quizá los más mayores pudieran explicarles que era todo aquello y supieran descifrar los símbolos que había junto al dibujo.

De pronto Xaky preguntó…

—.Oye Mik, tu cuantos años crees que tienen los mayores para que sepan algo de todo esto tan raro. Son mayores ¿pero tanto?

—. Pues realmente no lo sé, este año vamos a celebrar el año 3500 dentro de unos días. Pero no, no son tan mayores…

—.Volvamos y expliquemos lo que hemos descubierto, venga Daky, Xaky, démonos prisa….

Inexpertos exploradores y emocionados por sus descubrimientos no pudieron ver lo que si sus mayores descubrirían cuando les acompañaran en esa aventura.

Solo debían mirar hacia arriba, junto a la cascada… donde se hallaba un mensaje que dejaron sus antepasados.

AÑO 2199 DE NUESTRA ERA.

LA TIERRA HA SUCUMBIDO ANTE UNA OLA DE METEO-ROS DE GRAN TAMAÑO QUE HAN IMPACTADO EN DI-VERSOS LUGARES DEL PLANETA. PROVOCANDO CON ELLO GRANDES NUBES DE POLVO QUE HAN CUBIERTO TOTALMENTE EL CIELO.

EL FRIO NOS AZOTA Y LA GENTE MUERE ANTE LA IMPO-SIBILIDAD DE SOBREVIVIR A UNA CATASTROFE DE TAL MAGNITUD.

LOS IMPACTOS HAN PRODUCIDO GRANDES SEISMOS, AL IGUAL QUE ALGUNOS VOLCANES LATENTES HAN EN-TRADO EN ERUPCIÓN.

EL MUNDO TAL COMO LO CONOCEMOS TERMINA, ESTA-MOS CAVANDO GRANDES TÚNELES EN EL SUBSUELO CON LA INTENCIÓN DE QUE PODAMOS SOBREVIVIR POR UN TIEMPO, NO SABEMOS CUANTO...

SI ERES UN SUPERVIVIENTE BUSCANOS BAJO TIERRA.

VENDIMIA

Su mirada enamorada observa tras las cortinas, y cada vez que él pasa frente a su ventana, ella esboza una tímida sonrisa y su corazón siente una punzada de intenso dolor.

Sabe que no es posible, nunca podrá ser para ella, ni siquiera puede acercarse… Lleva años viéndole por la hacienda siempre en la época de la vendimia…y su mente viaja en el tiempo recordando que… Él llegaba junto a otros braceros para ese trabajo temporal siendo solo un adolescente, junto a sus padres y ahora llega siempre solo con otros vendimiadores…, recuerda que cuando le conoció, tenía unos 15 años, bueno casi…, los cumplía en octubre…

En agosto, la finca se llenaba de bullicio, todo estaba preparándose para la vendimia, y pendientes del cielo, no fuera que la cosecha se estropeara por causa de una tempestad fuera de tiempo.

Blanca, junto a sus hermanos y sus padres, se unían al centenar de vendimiadores que llegaban, para ponerse a trabajar y así terminar cuanto antes, pues la recolección debía hacerse justo en el momento en que estaba a punto los frutos de la vid para que el vino tuviera una alta calidad Como siempre se había hecho durante tantos años, antes incluso de los que llevaba su familia trabajando la tierra, ya desde su tatarabuelo, en la zona del Rosellón/ Francia.:

José era uno de los muchachos nuevos que llegaron ese año, un muchacho tímido pero trabajador, dispuesto a aprender y ganarse el sueldo que se les pagaba, para tras esas semanas volver a España.

Tanto Blanca como sus hermanos lógicamente tras el trabajo del día se unían a los jóvenes de su edad, para charlar y distraerse un poco. La juventud quiere juventud. Y ya desde el primer momento se sintió atraída por José, que era muy tímido al igual que ella, simplemente se cruzaban miradas de vez en cuando y charlaban junto a los otros chicos de temas comunes.

Al año siguiente, José volvió nuevamente a trabajar en la finca, y todo volvió a ser igual que el año anterior. Pero ese año, si empezaron a buscar el momento idóneo para estar los dos solos, solían pasear por la finca y se dieron su primer beso. Pero él debía volver a su país y Blanca seguir allí, con su vida, su familia, sus estudios…

Empezaron a escribirse, Blanca escribía mal el español, pero ya bastaba para que entre los dos fuera creciendo ese amor que ambos sentían.

Cierto día uno de sus hermanos descubrió a Blanca escribiendo una de sus cartas y allí, en un montón, también estaban las cartas de él…, que su hermano de un zarpazo se llevó Ella nunca perdonó a su hermano, pues se lo contó a sus padres, que inmediatamente le prohibieron a Blanca seguir este romance, pues no era lo adecuado, ni lo que esperan de ella. Los perjuicios de clases salieron a flote, y así fue como su correo fue controlado siendo imposible ni escribir, ni recibir cartas. Al poco tiempo la enviaron a un internado para que acabara sus estudios.

Ella siguió su vida pero no se olvidaba de José, su padre ya procuro en los dos años venideros, que ella no se encontrara en la finca para la vendimia. Y por supuesto pensó que los amoríos de su hija fueron una niñería.

Así pues la vida seguía su curso, y lo que nunca esperó la familia, ni Blanca, era lo que el destino les tenía deparado.

Al terminar su último curso, los padres de Blanca fueron a recogerla al internado como en otras ocasiones. De regreso a la finca, se vieron involucrados en un terrible accidente por culpa de un camión. El choque fue colosal, fueron varios los vehículos implicados y ella se despertó en el hospital al cabo de unos días.

No recordaba casi nada del accidente, estaba muy grave, sus hermanos estaban junto a ella. Poco a poco le explicaron que sus padres habían fallecido. Y ella arrastro las secuelas para siempre de ese terrible accidente quedando parapléjica.

Su vida se redujo a pasar el tiempo en su habitación o en el jardín con atención constante

Por lo que ahora solo observa la vida tras ese cristal… y sigue amando en la distancia. Tampoco sabe si él se acuerda de ella siquiera… Pero la consuela el poder observarlo año tras año en la época de vendimia, aunque sabe que algún día, él ya no regresará más…

Un resquicio de luz

Índice

Un resquicio de luz